一个青年检察官的法治思考

A YOUNG PROSECUTOR'S THOUGHTS ON THE RULE OF LAW

余响铃 著

WUHAN UNIVERSITY PRESS
武汉大学出版社

图书在版编目(CIP)数据

一个青年检察官的法治思考 = A Young Prosecutor's Thoughts on the Rule of Law/余响铃著. —武汉：武汉大学出版社,2017.3(2017.8 重印)
ISBN 978-7-307-18865-5

Ⅰ.一…　Ⅱ.余…　Ⅲ.随笔—作品集—中国—当代　Ⅳ.I267.1

中国版本图书馆 CIP 数据核字(2016)第 280187 号

责任编辑:林　莉　沈继侠　　　责任校对:李孟潇　　　版式设计:马　佳

出版发行：**武汉大学出版社**　(430072　武昌　珞珈山)
(电子邮件：cbs22@whu.edu.cn　网址：www.wdp.com.cn)
印刷:虎彩印艺股份有限公司
开本：720×1000　1/16　印张:11　字数:157 千字　插页:1
版次:2017 年 3 月第 1 版　2017 年 8 月第 2 次印刷
ISBN 978-7-307-18865-5　定价:33.00 元

序

余响铃是我带的硕士研究生，于 2010 年 6 月毕业于武汉大学法学院，获得法律硕士学位。毕业后，先后在天津市武清区人民检察院、最高人民检察院和广东省人民检察院从事审查起诉、国际合作和检察改革等工作。

据我了解，求学期间，余响铃就是个比较勤奋的学生，能够以一种“乐在笔耕不辍，贵在精益求精”的精神，保持一个星期最少写一篇文章，一个月最少读一本书的习惯。毕业时，他曾送给我一本自己设计制作的文集，是他在校期间所写文章的一个集合，主要记录了自己对社会现象的法治思考和生活见闻的所思所想。虽然其中有些文章的观点还显得青涩，思考的也不够深入，但对一个法科学生而言，能结合自己的所学，用一种真挚的情怀、法治的眼光对社会现象进行独立思考，能够不断反思自身学习、生活中的不足，我想，这既是一个法律人思维养成的过程，也是一个法律人人格完善的过程。

余响铃在参加工作之后，能够继续保持着写作、读书的习惯，还能够结合司法实践，发现、思考并尝试解决工作中的具体问题，提出了很多建设性思考。近年来，他写的一些文章，如关于“相对不起诉”、“退回补充侦查”、“‘情况说明’的认定”、“审查起诉期限的延长”等主题学术论文不仅被权威刊物刊载，而且获得中央政法委员会、中国法学会等部门的表彰。对于工作之后的学习方式，用余响铃自己的话说，就是在坚持一个星期最少写一篇文章，一个月最少读一本书后，再增加一年最少选择一个司法实践中的突出问题进行深度研究，用“三个一”的要求，不断约束和提升自己。

党的十八大提出要“提高领导干部运用法治思维和法治方式深

化改革、化解矛盾、推动发展、维护稳定能力”。对于一个年轻的检察官而言，提高法治思维和法治方式能力的过程，不是一蹴而就的，而是循序渐进的，需要在实践中不断学习、思考、分析、再实践。任何一个法律人在任何时候，都应当以一种“路虽迩，不行不至，事虽小，不为不成”的精神去认真对待身边的每一项工作，才能具备一个法律人的担当。余响铃从求学到工作的这七年多时间，能自我约束，坚持“三个一”，这是值得肯定的，对培养一个人的法治思维也是有益的。

《一个青年检察官的法治思考》主要是余响铃结合司法实践、社会热点等而写的法学随笔，其中不乏从事检察工作之初，徘徊在情理法边缘的纠结，也有在最高人民检察院从事检察外交工作时的独特见闻，还有对当前司法体制改革的大量思考，等等，渐渐展示了一个职业法律人成熟、理性、独立思考的一面，这些思考，也很好地展现了一个法科学子转型成检察官的心路历程，对于在校学生和青年司法工作者都有一定的启发。

当前，法学名家、法检领导写的随笔也不少，相比而言，余响铃只是一个普通的司法工作者。然而，这正是中国司法人员的大多数，这种“大多数”对于全面推进依法治国，建设法治中国的重要性不言而喻。这本书的珍贵，就在于他是一个青年检察官内心真实、理性的思考，就在于它较好地展示了一个青年检察官的成长历程。

余响铃告诉我，他给自己设定的在30岁前写100万字的目标，经过7年多坚持不懈的努力，终于在自己30岁生日到来之前顺利完成。在他而立之年，也是他从事检察工作年满五周年之际，愿这本书的出版对他产生进一步的激励作用，促使他在从事检察工作的道路上越走越好。

以上数言，是以为序。

肖永平

2016年9月

目　　录

主任检察官不是官

最高人民检察院推行办案责任制改革试点工作以来，围绕着办案责任制改革，试点省市进行了一系列探索和实践，随之而来的一个新名词——主任检察官，也出现在大众视野中。准确定位和深刻理解主任检察官的内涵是个关键问题，对于主任检察官，有人认为是官，是一种职务序列，甚至认为就是科长、处长、检察长们的“华丽转身”。我认为主任检察官不是官，而是检察官作为执法办案主体依法行使检察权时的责任形式。

中央部署的人员分类管理制度改革，把检察人员分为检察官、检察辅助人员和司法行政人员，三者是并行的职位类别。依据我国《检察官法》的规定，检察官是依法行使国家检察权的检察人员。根据检察官办案责任改革的要求，主任检察官则应当是“履行主要办案职责，承办主要办案责任”的检察官，是真正能办案、能断案的人，是要留在办案一线的人。所以主任检察官是检察官作为执法办案主体、依法行使检察权时的责任形式，不是职务序列，不是与检察官职位类别并行或者交叉的新的职位类别，更不是检察官之上的检察官。

长期以来，在检察院内部实行的都是具有行政色彩的业务考核和管理模式。在多级审批的模式下，导致办案与定案相分离的现状十分突出，出现了“不带长检察官”办的案子一定得经过“带长检察官”的审批才行，“带长检察官”对具体案件缺乏亲历性，工作又太忙，有时候只能流水线批发式审批案件。主任检察官办案责任制的改革，就是从遵循司法规律出发，依照检察官司法亲历性、裁量性的要求，力求真正解决“办者无权”、“定者不办”、“办案责任虚置”等司法实践中突出的问题，以亲历性的具体司法工作和相对独立的裁断性权力办理案件，落实“谁办案谁定案谁负责”这个关键问题，使得司法行政管理权和司法裁判权适度分离。

主任检察官作为一种责任形式，其责任形式主要体现在行使除法律规定必须由检察长或者检察委员会行使职权外的其他案件处理决定权。这样一种责任形式让主任检察官行使检察权的位阶相当于科长、处长，其责任承担位阶也相当于科长、处长，但是这种权力不是行政权力，是对案件的裁判权力。换言之，主任检察官对办案中的更多裁量事项，能拍板决定了，而这种拍板决定的责任，得由自己承担，没有谁帮自己分担，一般情况下，也不能推到检委会去集体讨论以实现责任分担。现在对于检察官的放权还存在一些顾虑，怕案件处理决定权一下子放出去了，出现裁断能力不足、监督不到位等情形。其实，权力和责任的双重压力，能够让检察官更深刻体会到职业的社会责任，会倒逼检察官努力去提升自己的职业水平，最终会如同改革开放初期的农村生产责任制改革一样，把大家的积极性、主动性和工作效能大大激发出来。

主任检察官的责任形式还体现在以主任检察官为中心，组建基本办案组织，履行办案职能。在办案组织中，主任检察官和普通检察官、检察辅助人员之间关系的定位是个关键，既然改革是为了去行政化，主任检察官当然不能演变成为行政色彩的“小科长”、“小组长”，但要是在组内没有一定的统筹、管理秩序，又难以提升办案组的工作效率和工作质量。我个人认为，办案组内的普通检察官、辅助人员天然有责任协助主任检察官处理好各种案件事务，这不是主任检察官的权力，而是普通检察官和检察辅助人员的义务和责任。虽然普通检察官和检察辅助人员在岗位要求和责任承担上与主任检察官不同，但是作为公务员，都是有责任要求的，否则要承担工作不称职等考核后果。

主任检察官的责任形式还体现在“以案定责”而不是“因人定责”。主任检察官独任办案，该主任检察官就是该案的责任承担人，承担总体责任。联合办案时，组织指定一名主任检察官，那么该检察官就对该案办理承担总体责任，其他人员有义务和责任协助好主任检察官。在此案中是主任检察官，在另外的案件中要是根本没参与，就不是主任检察官，根据现在的办案一线现状，一人可能同时是几十个案件的主任检察官。这是一种“以案定责”而不是“因人定责”的责任承担方式，因而，主任检察官不是具有人身属性的职务身份。

对于主任检察官这样一种新的行使检察权的责任形式，对其规律的认识和探索不是一蹴而就的，需要经过实践的不断检验，在实践中不断深化认识并逐步完善，才能成就中国特色检察官办案责任制。

文书上网让法治思维更接地气

党的十八大提出，要“提高领导干部运用法治思维和法治方式深化改革、化解矛盾、推动发展、维护稳定能力”。在实践中，一些地区或者部门的干部虽然认识到法治思维对依法治国的深远意义，但是在处理实际问题时，并没有自觉选择法治思维和法治方式。

之所以如此，一是法律基础知识薄弱，对于法治思维和法治方式的领会和培养还不够；二是认为法治思维呆板滞缓，还是没有“说了算”的工作方式实效来得快、灵活度高。

如何更深入地认识法治思维和法治方式，让法治思维和法治方式接地气，是每一个法律工作人员都应当思考的问题。观一叶而知天下秋，窥一孔而知全豹。当前，检察机关推动终结性法律文书在互联网公开，加强社会公众对检察机关办案流程和办案信息的认知，这就是法治思维和法治方式，而且是非常接地气的法治思维和法治方式，是用法治思维和法治方式深化改革的重要体现。

法治思维，贯穿始终，其实就是一种以公平、公正为内核的思维。法治方式就是让这种以公平、公正为内核思维下产生的公权力产品放在阳光下，做到全面公开透明，自觉接受社会公众的检验。

“正义不仅要实现，而且要以看得见的方式实现”、“阳光就是最好的防腐剂”。司法公开既可以增进社会公众了解司法工作，也可以对司法权力的滥用进行有效制约，排除行政权力不当干预。构建检察机关终结性法律文书在互联网公开的机制，就是要真正把检察工作的最终体现之一——法律文书，如涵盖了法院已经做出生效判决案件的《起诉书》，公诉部门的《撤回抗诉决定书》、《不支持监督申请决定书》以及《终结审查决定书》等法律文书，只要不涉及国家秘密、商业秘密、个人隐私、未成年人犯罪等内容，能公开的，一律置于检察机关统一设立的互联网公开平台或者门户网上公开，置于社会公众的监督之下，以司法公开促进司法公正，以司法透明确保司法廉洁。

从长远来看，还要进一步扩大公开的内容，把公开的范围延伸到执法办案的全过程。比如，查办和预防职务犯罪工作重大部署及较大社会影响案件办理进展和结果；职务犯罪案件查封、扣押、冻结涉案财务处理结果；对久压不决，超期羁押问题及违法或不当减刑、假释、暂予监外执行的监督纠正情况；实名举报检察人员违法违纪行为查证属实的处理情况等。

当前，有些干部在检察文书和执法办案公开等工作中还存在畏手畏脚、瞻前顾后的情形。比如，法律文书公开时，进行人为的选择，只公开一些简单、内容偏少，关注度不高的案情，甚至以“案件敏感”、“怕媒体炒作”等为借口，拒绝公开法律文书，或者对一些需要公开文书的内容进行大幅度的删减。其理由无非是担心公开法律文书会影响检察机关依法独立公正行使检察权，或者担心检察机关所作的决定不一定能被社会接受，如果全面公开，可能引发网络负面舆情和社会风险，甚至认为法律文书说理性和质量有待提高，一旦公开，可能自曝家丑，会影响检察机关形象。其实，这些都是一种监督者怕监督、不敢被监督、没有被监督的自信的思想在作祟。这种思想与中央提出的全面提升领导干部运用法治思维和法治方式的要求是相悖的，这样的干部需要进一步解放思想，更加努力地提升法治思维和法治方式。

让终结性法律文书在互联网公开，只是检察机关作为法律监督机关带头践行法治的一种方式。制度需要人去推动，各级领导干部才是全面推进各项法治制度的中坚力量。虽然提升法治思维和法治方式的能力不是一蹴而就的，但是信仰法治、支持法治、维护法治，以自身实际行动自觉让权力在阳光下接受监督，这种效果是立竿见影的。伯尔曼有名言：“法律必须被信仰，否则将形同虚设。”那种“只有触动没有行动”、“只有冲动没有持久”的做法，无益于法治思维和法治方式的培养。提高领导干部的法治思维能力，必须让各级干部对法治的信仰入心入脑，奉之于精神神龛之上去顶礼膜拜、去真心信服，使之真正内化于心，外化于形。

检察改革：信心比黄金重要

日前，检察体制改革试点工作正在如火如荼地开展，社会上，对改革的关注度和期望值都特别高，普遍希望最终实现“公正、高效、廉洁、司法”这个核心目标。对于这一轮司法改革的前景，多数检察官是充满信心的，有一部分检察官却有所担忧，似乎信心不足。

对于这轮检察体制改革，之所以有所担忧。主要是觉得：改革前，自己已经是检察官，办案量可能几百上千件，工龄也以十年计，却可能从检察官变成检察辅助人员，由“医生”变成“护士”；改革前，本来对提升职业待遇还抱有期待，如今看来遥遥无期；对于员额，担忧最终的选任标准还是论资排辈，即便自己已经是办案主力，专业水平也不错，要选上检察官，不知是猴年马月的事情；再者，作为司法机关的公务员，原本晋升渠道就窄，现在可能更窄，甚至堵住了，而且行政级别也不一定有了。

应该说，在部分检察官中，出现这种担忧的心理，是正常的，也可以理解。换言之，这些担忧也从侧面反映出这轮司法体制改革所面临的难点和重点。既然是改革，那就必然会面临现有利益格局的调整或打破，但是这种调整或者打破是暂时的，是为了检察官个人价值得到更大的实现，司法职业群体得到更广泛的认可，司法公信力得到进一步提升。

在检察院人员相对匮乏，特别是法律科班检察官不多的情况下，检察院普遍采取比较宽松的方式任命检察官，更好地解决了专业人员不足和案件数量过快增长的矛盾。由于无论是否从事检察一线的业务工作，只把检察工作人员简单地分为检察官和非检察官，在较为宽松的任命门槛下，当前60%左右的检察工作人员都具有检察官身份。按照检察体制改革的部署，要把检察人员划分为检察官、检察辅助人员和司法行政人员。三者的比例为39%、46%和15%，这就意味着一部分现任检察官要面临分流。

顺向晋升，大家都是乐意的，逆向分流，当然存在一定的不理解，为什么会不理解，我想其中一个重要的原因是对检察辅助人员的角色以及其承担的职责，没有一个全面的认识。根据改革方案的设计，检察辅助人员是协助检察官履行检察职责的工作人员，包括检察官助理、书记员、司法警察、检察技术人员等。检察官助理在检察官的指导下履行职责，对法律知识功底和个人综合素养的要求都很高。司法警察、检察技术人员专业性特征明显，需要专业的技术职称。对于已经具备检察官身份的人，主要分流成检察官助理，当前，正确认识检察官助理这个全新的角色，或许有助于提升对检察体制改革工作的信心。

检察官助理不只是“打杂”、“跑腿”的。检察官助理，从语意上理解，是辅助检察官的，似乎“助理”就只能从事“打杂”、“跑腿”的事宜，但是按照人员分类管理的要求，检察官助理虽然对案件没有最后决定权，但是在检察官的指导下，行使侦查、审查、草拟各类法律文书，对案件进行补充侦查等权力。事实上，改革前，大多数检察官对案件也没有最后的决定权，普遍还得经历科(处)长、主管检察长，甚至检察委员会等多级具有行政色彩的审批环节。从另外一个意义上讲，改革不仅没有剥夺检察官原有的权力，而且赋予其中一部分优秀的检察官更大的自主决定权。

检察官助理是检察官的后备军。改革后，占总人数比例达85%的检察业务队伍将形成一个人才梯队，分别是主任检察官、检察官和检察辅助人员。主任检察官是当然的主力军，普遍是工作经验丰富，工作业绩突出，不仅是业务骨干，也是其他检察官追求的目标和职业的信心；检察官是检察官军团的第二梯队，具有较为丰富的工作经验和较好的法律素养，同时还要承担培养队伍的重任；作为检察辅助人员，检察官助理则是后备力量，在历经实践的锻炼和经验的积累后，渐渐担当重任。这种科学的安排，在办案责任终身负责制的要求下，不仅是对案件质量负责，也是对检察人员自身负责。相比改革前只有检察官和非检察官，改革后人员结构明显更加科学、合理，而且为不同阶段的检察人员学习、锻炼、提升等，提供了明确的位阶指引。出国进行检察工作交流时，常遇到一个有趣的现象，就是国外的同行对于中国检察官的"年轻"，普遍觉得不可思议。改革后，或许只有卓越的检察官才会挂上"娃娃脸"。

检察官助理随时有机会遴选为检察官。遴选出的主任检察官、检察官和检察辅助人员并不是一成不变的，主任检察官、检察官不仅要定期考核，而且在办案上，有质和量的要求，绝不是可以混下去的，要是在能力和精力上不适合，自然要被替换出来，绝不是只能上，不能下，检察官助理只要具备扎实业务技能和丰富工作经验，随时有机会参加检察官的遴选，随时有机会展示自己的检察才华。

当前，检察官应当将更多的时间和精力用于司法实务的锻炼和积累，提升法学素养、提高职业技能，让工作纯粹起来，少参加些纷繁复杂的"觥筹交错"事。未来的工作，担负在检察官身上的责任和压力或许更大，但是工作会更加纯粹、务实、高尚。

对这一轮司法体制改革，我想说：信心比黄金重要！

紧紧牵住司法责任制这个牛鼻子

3月24日下午，中共中央政治局就深化司法体制改革、保证司法公正进行了第21次集体学习。习近平总书记强调：“司法体制改革成效如何，说一千道一万，要由人民来评判，归根到底要看司法公信力是不是提高了”、“要紧紧牵住司法责任制这个牛鼻子，凡是进入法官、检察官员额的，要在司法一线办案，对案件质量终身负责。”总书记对司法体制改革的最新论述，深刻而警醒，如同一盏明灯，再次为改革指明了方向。

当前，中央部署的四项司法体制改革试点任务，完善司法责任制是核心。完善司法人员分类管理制度、健全司法人员职业保障制度、推动省以下法院检察院人财物统一管理等三项改革任务都是为了从内外部强化和保障司法责任制改革这个核心。完善司法责任制改革，概而言之，目标就是通过建立健全司法机关办案组织、科学划分内部办案权限，凸显主审法官、主任检察官在办案中的主体地位，“让审理者裁判、由裁判者负责”，形成权责明晰、权责统一、管理有序的司法权力运行机制。当前，检察机关推行的一系列改革举措，如主任检察官办案责任制、改革检察委员会、权力清单制度、办案终身负责、错案追究等，都是就完善司法责任制改革这个改革事项而进行的实践探索。

完善司法责任制之所以是整个司法体制改革的牛鼻子，因为它是提升司法公信力的关键。长期以来，在检察院内部实行的都是具有行政色彩的业务考核和管理模式。在多级审批的模式下，导致办案与定案相分离的现状十分突出。完善司法责任制的改革，就是从遵循司法规律出发，依照检察官司法亲历性、裁量性等要求，力求真正解决“办者无权”、“定者不办”、“办案责任虚置”等司法实践中突出的问题，使得司法行政管理权和司法裁判权适度分离，以亲历性的具体司法工作和相对独立的裁断性权力办理案件，落实“谁办案谁定案谁负责”这个关键问题。

有权力必有责任，有司法权力必有司法责任，这不仅是法治的精髓，也是人间常理。然而司法责任仅停留在字面上还不行，还要通过制度把司法责任真正落实下去，让司法人员对所办理的案件真正担负责任，一旦出现冤假错案绝不包庇、照顾，必须追究相应的责任，这样才能从制度上倒逼司法人员公正司法。近年来出现的河南赵作海案、湖北佘祥林案、浙江张氏叔侄案等冤错案件，归根结底，就是司法责任落实不到位。虽然现在进入司法机关的案件已经上千万件，但是司法机关千分之一乃至万分之一的错误，对案件当事人都是百分之一百的伤害。如果没有司法责任的落实，怎么给冤错案件的当事人一个交代，怎么给社会大众一个交代，怎么给司法公正一个交代。如此一来，何以提高司法公信力？

“纲举”才能“目张”，“提纲”方可“挈领”。完善司法责任制改革，就要遵循司法活动的客观规律，体现权责统一、权力制约、公开公正、尊重程序的要求，紧紧抓住影响司法公正、制约司法能力的重大问题和关键问题，进而依靠司法责任制这一改革的牛鼻子，把司法的公平和正义在日常生活中一点一滴地体现出来，让人民群众在司法案件中不仅真正实现公平正义，也真切地感受到公平正义。

“开弓没有回头箭。”在完善司法责任制改革中，广大司法人员是改革的客体，更是改革的主体，这是对司法人员自身工作惯性、工作方式的一次深刻“自我革命”，对于每一个司法人员而言，绝不是“事不关己”可以“高高挂起”的，每个人都应当积极主动地发挥自己的聪明才智，为改革建言献策，为担负好司法责任而强化本领。在改革中，每个人都要敢于动自己的“奶酪”，敢啃“硬骨头”，甘做“燃灯者”。

完善司法责任制改革，牵一发而动全身。虽然不可能在短时间内就达到立竿见影的效果，成就一个美轮美奂的司法权力运行机制。但是只要我们不断地总结、分析、实践，没有丝毫犹豫、畏惧、懈怠，不怕试错，敢于担当，牢牢谨记司法体制改革的成效由人民来评判，就一定能够克服困难、突破阻力，顺利完成各项改革目标！

发挥检察职能　营造法治风尚

在《之江新语》中，习近平总书记论述法治风尚时曾经谈道："人们没有法治精神、社会没有法治风尚，法治只能是无本之木、无根之花、无源之水。从客观上说，法治并不体现于普通民众对法律条文有多么详细的了解，而在于在日常行为中时刻体现规范意识。"习近平总书记的话，深刻而警醒，论述了法治精神培养和法治风尚营造的重要性，否则再精密的法律条文都难免沦为摆设。

检察机关是国家的法律监督机关，承担着打击犯罪、保障人权、维护社会公平正义、促进社会和谐稳定等重要职能，是建设平安中国、法治中国不可或缺的力量。检察机关所具备的打击、监督、教育、预防等职能，深刻影响着社会风尚的形成，尤其是在营造法治风尚上，检察机关发挥着不可替代的作用。

打击职能优化外部环境。把惩治腐败放在突出位置，坚持"老虎""苍蝇"一起打，既坚决查处领导干部违纪违法案件，又切实解决发生在群众身边的不正之风和腐败问题。建设廉洁政治，保持党的肌体健康，始终是我们党一贯坚持的鲜明政治立场。检察机关根据刑法、刑事诉讼法等法律的规定，依法查办贪污贿赂、渎职侵权以及国家机关工作人员利用职权实施的侵犯公民人身权利、民主权利的犯罪行为，是检察机关充分发挥打击职能的重要体现。只有始终保持对反腐败的高压态势，以反腐败永远在路上的决心和勇气，才能为法治风尚优化外部环境，这是营造法治风尚的重要举措。要是人民群众一边对腐败行为"咬牙切齿"、"恨之入骨"，一边又对打击腐败"无能为力"、"爱莫能助"，看不到腐败分子得到应有的下场，不仅法治风尚难以形成，社会风尚也会成为无本之木、无根之木、无源之水。

监督职能提供有力保障。检察机关是国家的法律监督机关，通过刑事立案监督、侦查活动监督、审判活动监督、刑事判决、裁定监督、民事行政诉讼监督等方式，对职务犯罪立案侦查，刑事犯罪提起公诉，诉讼过程中违反法律的情况以及人民法院已经生效的判决、裁定提起抗诉等行使法律监督权。通过强有力的法律监督，筑牢司法程序和实体公正，让人民群众在每一个司法案件中都感受到公平正义，这不仅是监督者强化法律监督、强化自身监督的体现，也是监督者通过监督职能，营造并带动法治风尚的具体行为，这对于法治风尚是一种强有力的保障作用。当前，进入法院的一审案件，已经达年均一千五百多万件，要是没有法律监督机关的有力保障，如何能够保证人民群众在每一个司法案件中都感受到公平正义？如何保证司法裁判始终沿着公平正义的法治轨道运行？

教育职能实现价值引导。司法具有教育引导功能，司法裁判蕴含的价值观和道德精神更易广为人知，更利于影响和引导人民行为方式的选择、道德价值观的养成，很多发生在群众身边的司法案例，往往成为人民法治教育活生生的范本。检察机关通过查办大量的职务犯罪案件、批捕、审查起诉等活动严惩犯罪分子，既实现了打击犯罪的目的，更重要的是，大量真实的司法案例，影响和引导了人民群众的生活方式。尤其是在司法公开进一步加大的情况下，检察院通过“阳光检务”、“检务公开”等举措，公布终结性法律文书，把能够上网的裁判文书一律上网。不仅畅通了人民群众了解司法的路径，打通了检察工作服务人民群众的“最后一公里”，也强化了对司法的外部监督，扩大了司法教育引导功能的覆盖面和影响力。

预防职能指引行为方向。打击犯罪的目的在于预防犯罪，综合运用社会多种力量，采取各种措施，限制、消除产生犯罪的原因和条件，建立防止、控制和减少社会犯罪及重新犯罪的举措体系，以达到预防犯罪的目的。事实上，法治风尚的营造，不仅是在社会上营造知法、懂法、学法、用法、护法的大氛围，也在于通过法治风尚熏陶和引导，强化犯罪预防，以真实的案例，告诉人民群众，坚决不能以身试法，触碰法律的红线。当前，全国各级检察机关普遍建立了专门的犯罪预防部门，通过研究、制订预防犯罪计划，组织、协调、指导预防犯罪工作，分析典型犯罪的原因，向发案单位提供改进、完善建议，开展预防咨询和警示教育等各种活动，发挥其重要职能，营造法治风尚。

“到点就任”的历史将一去不复返

现阶段，大多数地方任命检察官的模式是“到点就任”。过了1年试用期，或者达到2—3年的工作年限，参加完初任检察官培训，就任命为助理检察员，就可以独立地承办案件。在检察院人员匮乏，特别是法律科班检察官不多的情况下，这种任命方式很好地缓解了专业人员不足和案件数量过快增长的矛盾。然而，随着法治的不断进步、完善，人民群众对法治的期待越来越高，对检察官工作的要求越来越严，要是我们还停留在原有的检察官任命模式，就难以适应新形势、新情况的发展。

这一轮司法体制改革将彻底终结检察官“到点就任”的历史。经过遴选程序进入检察院的工作人员，一年试用期满后，经过专业培训和考试程序，将首先成为“检察辅助人员”，如检察官助理、书记员，而不是助理检察员。工作的任务主要是协助主任检察官、检察官办理案件，草拟法律文书、协助侦查、审查起诉、诉讼监督等。这是一个类似“师傅带徒弟”的过程，不仅要完成检察理论知识的积累，而且要“真刀真枪”地进行检察实务工作。工作满一定的年限并依照所在检察院的级别，达到一定的年龄后，方可通过公平、公开的选拔程序竞选检察官。一般而言，基层院是28岁，市级院是32岁，省级院为35岁。特别优秀的，可以竞选成为主任检察官。

成为一名检察官是法律人的梦想，然而，如果只是聘书上具有检察官的称谓，而职业素养和工作经验上，难以达到一名检察官的要求，这也不能算是一名真正的检察官。

经过制度的顶层设计，让检察官成为“少数派”，成为“香饽饽”，成为全体法律人的职业追求和职业信心，是这轮改革的核心问题和目标追求。司法改革后，成为一名检察官不是踩着工作年限和年龄线“到点就任”，而是要不断学习、不断实践、不断积累，不仅要办足一定数量的案件，而且要每年通过有关案件质量的考核、评定，才有可能成为检察官。觉得进入公务员队伍，看看报、喝喝茶，哼哼哈哈打发日子就行的人，可以清醒了，这样的人是一辈子也成不了检察官的！

比如，作为检察院的核心部门，公诉人是检察官队伍中最具挑战性的角色之一。而有的学者称“诉讼的弱对抗性，使得公诉人的宝剑锈蚀，没有司法竞技主义的磨砺，躺着都能把官司打赢。”虽然这样的评价有些片面，但是在各地高达99%的有罪判决率的情况下，如果仅仅以有罪判决率为输赢标准，似乎说“躺着也能赢”也不为过。事实上，正是这种简单追求有罪判决即为“胜诉”的标准下，培育了公诉人的惰性，使得公诉水准难以得到提升，公诉人的公众形象自然就暗淡下去。

然而，随着庭审中心主义的到来，特别是非法证据排除、羁押必要性审查等一些新程序规定到刑诉法，公诉人在法庭上支持公诉的压力越来越大，难度越来越高，要是还想“躺着都能赢”，恐怕为时不多，也时不我待。再者，国家现在明确规定了办案终身负责制，要是没有扎实的办案能力和技巧，如何能够保证自己经手的案件，某一天不会成为炸毁自己前程的“弹药包”！

应该说，通过司法体制改革，打破目前“到点就任”的检察官任命现状，不仅符合司法规律，适应现有的工作状况，而且迎接“庭审中心主义”到来，契合办案终身负责制的明智之举。这不仅是对国家、对人民、对法律负责，也是对公平正义，对“检察官”这个称号，对检察官自身负责。虽然一名检察工作人员通往检察官的道路曲折、漫长了，但是检察官的前途更加清晰、光明了，虽然承载在检察官身上的压力越来越大了，但是检察官的内心一定会因为工作的纯粹、务实、高尚而感到更加充实和快乐。

办案部门才可以配备检察官

习近平总书记指出："要紧紧牵住司法责任制这个牛鼻子，凡是进入法官、检察官员额的，要在司法一线办案，对案件质量终身负责。"这是对员额制内法官、检察官提出的硬性要求，进入员额的法官、检察官，必须要在一线办案，如果不办案，就不能进入员额。实际上，办案与否也是检察内设部门能否配置员额的标准，如果不办案，则不属于应当配置检察官员额的部门。

根据当前检察机关的实际，检察内设部门大致可以分为业务部门和行政部门，行政部门主要包括干部人事、计财装备、后勤保障、综合办公等，因为不直接从事具体的检察业务工作，主要职责体现为对检察业务工作的综合保障，所以定位为行政部门的争议不大。业务工作具有多样性，在诸多业务部门中，业务岗位也具有多样性，有些属于业务事务类，有些属于业务管理类和业务研究类。虽然有些岗位属于业务部门，并不意味着就是办案部门。员额必然要配备在检察业务部门，但并不是配备在所有的业务部门，只有业务部门中的办案部门才有配备资格，这是由司法责任改革的目标和要求决定的。

根据《人民检察院刑事诉讼规则（试行）》第 5 条规定：人民检察院依照法律规定，在刑事诉讼中实行案件受理、立案侦查、侦查监督、公诉、控告、申诉、监所检察等业务分工，各司其职、相互制约，保证办案质量。由上述条文的定义可知，检察院的业务部门主要包括案件受理、立案侦查、侦查监督、公诉、控告、申诉、监所检察等，上述部门也是目前大多数检察院普遍设立的内设部门。除此之外，虽然不属于《人民检察院刑事诉讼规则（试行）》第 5 条列举的部门，但是在检察院的内设机构中，还普遍设有检察理论研究、职务犯罪预防等部门，在检察工作中，一般也把上述部门当做业务部门。

准确认定业务部门和办案部门的区别，不仅关系到检察官员额的配置，也关系到司法责任制的落实。检察机关属于国家法律监督机关，依法行使检察权，是否属于行使检察办案权，必须考虑是否行使对案件的处理、裁判权能，是否涉及对案件当事人人身、财产利益的调整，是否是依据既定的法律程序办案等因素。有些部门虽然"日常性事务"多、工作范围广，但是工作内容多属于对与案件有关的业务进行的综合管理，比如管理、监督、预警、统计、分析、接待等，这种工作方式明显不属于行使办案权，虽然属于检察业务部门，但只是业务管理部门，不能算作"办案"部门。有些部门涉及的只是与案件有关的理论研究和宣讲教育预防工作，主要工作不是对案件行使处理、裁判的权能，也没有涉及对当事人人身、财物处理的行为，工作的程序也不是依据刑事诉讼法等规定。不行使"办案权"，自然也无法担当"办案责"，不符合员额内检察官责权利统一的要求。而且《规则》第 5 条对业务部门的分工中，也没有列出有些部门，因而从制度上难以定位为业务部门，定位为办案部门则更不适合。

在员额制改革的大背景下，准确认定应当配置检察官员额的部门，是一个牵一发而动全身的工作，既然是改革，就不能被过往的惯性思维束缚，而应当回归到检察权本身去思考，才能更稳妥地解决改革中的一系列问题。

改革筑牢“最后一道防线”

哲学家亚里士多德曾经把正义分为“分配正义”和“矫正正义”两种形态。“分配正义”主要解决的是如何在社会成员之间分配权利、义务和责任的问题。“矫正正义”则是指当分配正义的规则被违反后，对被侵害的权利和利益进行弥补的恢复性正义。

司法所承担的就是实现“矫正正义”的职能，司法在权力行使上的独立性，在纠纷解决上的终局性，在法律实施上的强制性等特点，决定了司法对社会公平正义具有不可替代的作用，决定了它是维护社会公平正义的“最后一道防线”。司法“最后一道防线”的属性，决定了社会中许多矛盾纠纷的是非对错，最终要由司法机关来作出定论，因而人民群众对司法公正廉洁的关注度特别高，期待特别强烈，对司法不公、不廉洁的反应，也特别强烈。

西方有句法谚：“一次不公正的司法判决比一次不公正的其他举动为祸尤烈，因为不公正的举动不过弄脏了水流，而不公正的司法判决则把水源败坏了。”《越狱》是国内一部收视率很高的美剧，故事中虚构出的主人公巴罗斯被卷入了一场精心设计的谋杀案，而侦查机关并没能查明真相，法院也未能作出公正的判决，导致巴罗斯被判处死刑，在巴罗斯即将被执行死刑前的一段时间，其弟弟斯科菲尔德采取自己犯罪入狱的办法进入监狱，并通过精心的设计，采用越狱这种挑战现有法律秩序的极端方式把巴罗斯救出来。在整个越狱的过程中，法律秩序被无情地践踏，道德没有了底线，社会财富被巨大地损坏，很多无辜的人也在这个过程中惨遭杀害、伤害。这些悲剧的发生，其实都源于一次不公正的司法裁判而引发的连锁效应。正如德国思想家耶林所言：“执法的人如变成扼杀法律的人，正如医生扼杀病人，监护人绞杀被监护人，是天下第一等罪恶。”

当前提出的推进以审判为中心的诉讼制度改革，正如习近平总书记所强调的，目的是促使办案人员树立办案必须经得住法律检验的理念，确保侦查、审查起诉的案件事实证据经得起法律检验，保证庭审在查明事实、认定证据、保护诉权、公正裁判中发挥决定性作用。这项改革有利于促使办案人员增强责任意识，通过法庭审判的程序公正实现案件裁判的实体公正，有效防范冤假错案。

推进以庭审为中心的诉讼制度改革，能使公检法三机关办理案件都围绕法庭审判这个中心进行。侦查机关依法收集、固定、保存证据，公诉部门认真审查起诉案件，强化对侦查机关的监督，注意引导侦查人员补充、完善证据，强化证据链条的完整性。审判机关提高驾驭法庭的能力，充分保障当事人合法权利，充分发挥审判对侦查、起诉的制约和引导作用，防止事实不清、证据不足的案件进入庭审，防止作出有病的裁判。

推进以庭审为中心的诉讼制度改革，能切实把诉讼各方的注意力集中到庭审上。把法律面前人人平等、尊重和保障人权、罪刑法定、罪责刑相适应、控辩平等、程序正义等理念和原则不折不扣地落实到每一个司法案件中。做到案件事实查明在法庭，诉讼证据展示质证在法庭，辩护意见发表在法庭，真正使诉讼各方在法庭上辩论说理，在法庭上举证质证，解决庭审形式化、虚化等问题。

选拔出人才是改革的“七寸”

检察官管理模式和检察权运行模式的变革，都是围绕检察官进行的，最终都需要检察官去推动和运行。换言之，再好的制度设计，都离不开选拔好优秀的人才，这是改革的“七寸”、“关键”。要真正使业务水平高、能独立办案的人员在员额内，确保选拔的检察官，就是精英中的精英，能手中的能手，不仅对检察官业务技能、理论水平要有门槛，还要对检察官政治素养、职业操守等有要求。改革后的检察官，应当“看得远”、“行得正”、“拿得下”、“扛得住”。

一定要“看得远”。所谓“看得远”，简而言之，就是要有法治思维。习总书记多次强调法治思维的重要性，要求各级党组织和党员领导干部要带头厉行法治，不断提高依法执政能力和水平，不断推进各项治国理政活动的制度化、法律化。虽然广大检察人员大多具备法学教育背景，长期在司法部门工作，但并不一定表明就具备法治思维，尤其是检察机关长期受行政思维的影响，很多检察人员习惯了上下级之间的管理、审批模式。对于一些案件的办理，自己拿主意不多，也不愿意拿主意，想着把问题推给上级，想着拿到检委会讨论，自己一点责任也不承担，这些都是与提升法治思维的要求相悖的。法治思维说到底就是要将法律作为判断是非和处理事务的准绳，要崇尚法治、尊重法律，善于运用法律手段解决问题和推动工作。

一定要“行得正”。各级检察人员一定要清正廉洁、作风端正，是中央三令五申、一再重复的政治要求和政治纪律，是不得触碰的法律红线。改革后，检察官普遍具备较大的案件办理决定权，除法律明确规定需要由检察长或者检察委员会审议的事项外，都可以由检察官决定，如果检察官不能保证自身“行得正”，而是碍于同学、朋友、亲戚等的请托，越线行使案件办理决定权，办人情案、金钱案、关系案，甚至接受有关人员的利益输送，徇私舞弊、贪赃枉法。那么葬送的将不仅仅是一份光荣的检察职业，还将影响检察机关整体的公信力，既毁坏个人的美好前程，又影响亲人的长久幸福。

一定要“拿得下”。法律是治国之重器，能不能拿得下一个案件，不仅是对检察官司法技能和法学理论的全面考验，也是对检察官政治素质和办案经验的深度检查。“拿得下”就得在程序上无瑕疵，在实体上达预期。尤其是在重大职务犯罪案件侦查过程中，面对社会阅历、工作经验、人脉关系十分丰富的嫌疑人，要是没有高超的取证技巧、敏锐的线索嗅觉意识和驾驭全局的把控能力，很难真正“拿下”腐败分子，更难以形成对腐败分子的震慑力；在审查起诉环节，可能在一个月内要面对十几宗、几十宗案件的办案压力，面对一个案件多达一两百册的卷宗，面对连续十几天，甚至几十天的“庭审战争”，面对如此重大、复杂、繁重、敏感的案件，要是没有真正的高水平，如何能“拿得下”？

一定要“扛得住”。从事检察工作，既是个脑力活，又是个体力活，强壮的体魄是保证，健康的心理是支撑。我们的工作，有的需要长期出差在外、异地办案，持续保持对嫌疑人的突破状态；有的需要辗转多地、跋山涉水、深入调查取证；有的需要在“卷山证海”、“百千事实”中，不知疲倦地来回遨游，这些都需要智力和体力作保证。要是这些“硬杠杠”没达标，很难扛得住巨大的办案压力。除此之外，还要履行好办案责任终身负责、完成各项办案指标、寻找发现案件线索、及时学习最新法律文件等，这些都是对检察官的考验。检察官要持续不断地提升个人综合素质，保证自己始终处于“扛得住”的状态。

检察官担负着全面推进依法治国、建设社会主义法治国家的重任。重任在身，肩膀要硬。“看得远”、“行得正”、“拿得下”、“扛得住”是对检察官的基本要求，只有在这些基本要求上过硬，才能更好地肩负起法治中国实践者、推动者的责任。

有司法自信才有司法公信

党的十八大提出要坚定中国特色社会主义的道路自信、理论自信、制度自信。“三个自信”是凝聚力量、攻坚克难，夺取中国特色社会主义新胜利的重要保障。作为维护社会公平正义的最后一道防线，在司法工作中，广大司法人员要进一步增强司法的道路、理论、制度自信，有司法自信，才能有司法公信。

坚定司法自信，就是要深刻把握中国特色社会主义司法制度的本质和原则，认识中国特色社会主义司法制度的旺盛生命力和巨大优越性所在。中国特色社会主义司法制度是有深厚的中国文化底蕴并借鉴了世界法治文明成果的司法制度，是百年来中国人民努力探索与实践的结晶。

在当前的司法实践中，还存在一些表现为司法不自信的现象，最典型的就是审判人员在作无罪判决的取舍上，往往采取一些“变通做法”，试图“留有余地”，影响司法公信力的提升。比如，对于一些本可以直接判无罪的案件，审判机关通过和公诉机关沟通，由公诉机关撤回起诉代替无罪判决；通过判以非监禁刑或者免于刑事处罚等异化了的“审辩交易”形式来代替无罪判决；或者以裁定发回重审代替无罪判决；甚至以“疑罪从轻”代替无罪判决，等等。

这些“变通做法”，表面上最大限度地缓解了矛盾，达到了多方都可以接受的程度，似乎达到了一种较好的法律效果和社会效果。实际上，这些做法损害了司法公信力，不但让一些本无罪的人受到了刑事处罚，而且量刑上不均，也给人留下了“同案不同判”的印象。从刑事辩护制度的发展来看，这些“变通做法”，导致无罪辩护发展非常缓慢，辩护人难以为被告人洗清罪名，甚至因此而遭受阅卷难、会见难、调查取证难。审判机关通过发回重审的方式，让案件回到原审地法院审理，这不仅造成了诉讼资源的巨大浪费，影响了司法效率，而且不利于当事人和社会的稳定。也正是在这样一种最终都能“消化”的效果下，侦查机关才敢于把一些证据还不够充分的案件用来试图“闯关”。

在无罪案件上的“变通做法”，是司法不自信造成的，对于事实清楚、证据明晰的案件，本来可以作出无罪判决的而不敢作出，实际上是“心有顾忌”，“逃避压力”。对于一些本可以直接判决无罪的案件，审判人员要大方、自信地作出无罪判决，不能“左顾右盼”、“犹豫不定”，不能一方面顾忌社会舆论的压力，另一方面又顾忌兄弟单位的面子，应该回归理性，摆正立场，通过公正有力的裁判，彰显法律的公平正义。这种大方、自信作出无罪判决的行为，是真正贯彻“疑罪从无”、“人权保障”原则的体现，也是对自身工作、法律制度的一种自信表现，要是司法人员对自己的工作成果都不自信，人民群众何以敢相信，哪里还能提升司法公信。有了司法自信，才能有司法公信。

司法行政工作也需要精英

这轮司法体制改革的一个关键步骤，是通过员额制，让检察官成为“少数派”，成为“香饽饽”，实现精英化，成为全体法律人的职业追求和职业信心，这是司法体制改革的核心问题和目标追求。但在着力实现检察官精英化的同时，是否意味着司法行政人员就不是精英了，就不需要精英化了？对于这个问题，有必要结合当前检察工作的实际，客观公正地看待，实际上，司法行政工作也需要精英。

应该说，大部分法科学子都是怀揣梦想进入检察院的，都有一个检察官的梦，只是参加工作后，由于个人特点、工作需要、岗位分工、专业特长等不同，有的人一毕业就分配在检察业务岗位，从事公诉、反贪、侦查监督等工作，而有的则分配在办公室、政工、计财等部门。虽然同在一个屋檐下，却从事了两条截然不同的工作道路，但是殊途同归，都在为检察事业而贡献自己的力量。

中国的基本国情和中国检察制度的属性，决定了我国检察工作有别于域外国家和地区，具有自身特点。实践中，不仅要从事具体的检察实务工作，诸如审查起诉、批准逮捕、职务犯罪侦查、诉讼监督等，同时，还承担着人员培训、干部管理考评、财物后勤保障、综合办公等具体工作，每一项工作都有自身特点，都关系到检察工作的健康、长远发展，都需要有能力、有学识、高品格的检察人员“站岗”、“建业”。相比检察业务工作，司法行政工作的综合性、复杂性、协调性，反而对检察人员个人综合能力要求更高，不仅要求懂法知法，还要求能宣传会协调，不少优秀的业务骨干，就是因为个人综合能力突出，才被组织选调到综合岗位上的。

当前，在试点省市检察院，大多确立了检察官、检察辅助人员和司法行政人员分别为39%、46%、15%的员额比例。应该说，司法行政人员是比检察官更少的“少数派”。在当前状况下，短时间内，司法行政工作未必会减少，而且随着“省以下人财物统一管理”等改革事项的进一步推进，一些层级较高的检察院，在司法行政工作原本就比较重的情况下，任务和压力会进一步加剧。面对这种现实，这就更需要我们科学配备司法行政人员，让司法行政工作更加精英化。不仅要更好地做好检察人员的考评、晋升、培训、教育等工作，也要更好地协调和保障好检察系统内外的各种会议、活动，执行好经费预算、收支、管理等，真正成为检察工作的坚实保障。

检察体制改革的路线，最终是要让广大检察人员都具备广阔的发展空间和清晰的职业发展路径。从事检察实务工作，应当有成为专家型、精英型检察官的空间和路径，从事行政工作，应当有成为检察人事专家、检察财物专家、综合事务高手的空间和路径。是金子总会发光，精英未必都得检察官化，每个人要结合自身特点和组织需要，选择适合自己发展的路。当然，在完善检察官职业保障制度的同时，还要统筹考虑适当提高司法行政人员的福利待遇，激发司法行政人员的工作热情。

不管从事哪种岗位的工作，我们相信，只要脚踏实地、勤劳肯干，都能发掘自身的潜力，都能体现自身的价值，都能实现自己的目标。

把握好授权的尺度

为真正从制度上落实“谁办案、谁决定”的司法亲历性要求，解决“审者不定、定者不审”等司法实践中存在的一系列不符合司法规律的问题。按照检察权统一行使与充分合理授权相统一的原则，试点省市检察院通过制定“检察官权责清单”的制度，对检察长、检察委员会、检察官的办案权限进行划分，通过下放权力，将检察权分类别、分岗位赋予检察官直接行使，确保办案的检察官有定案的权力。在授予检察官权力的同时，把握好授权的尺度，才能既遵循司法规律，又强化制度约束，防止出现滥用权力、违法失职等不良现象。

依照检察制度和法律规定，检察长统一领导人民检察院的工作，履行诸如：决定是否批准逮捕犯罪嫌疑人，决定人民检察院直接受理立案侦查案件的立案、不立案、撤销案件以及复议、复查，决定采取强制措施，决定采取技术侦查以及扣押、冻结财产等重要侦查措施，决定是否起诉，是否提出抗诉，等等。同时，对于其他事项，比如检察人员的回避、案件提交检察委员会讨论、发出检察建议、纠正违法等事项，一般也由检察长决定。对于上述事项的决定权，是否可以全部直接下放到入员额的检察官，或者先下放其中哪一部分，是目前司法改革中颇受关注的问题，也关系到切实落实“谁办案、谁决定”的司法亲历性要求。

之所以对下放权力有顾忌，主要是担心一旦缺少上级领导审批，权力可能被滥用，出现监管“真空”。也担心一旦下放权力，可能在一些检察院出现检察官在重大事项上能力不足、裁判不准、裁判不统一等情形。

中国检察制度的特点是实行检察一体原则，检察一体原则的首要要求，就是强调上级检察院对下级检察院的领导，上级检察官对下级检察官的领导，最高人民检察院对地方各级人民检察院和专门人民检察院的领导。无论是检察官自己办案、自己裁判作出的决定，还是裁判后经上级领导审批作出的决定，代表的都不是检察官个人的意见，而是代表所在检察院的意见，检察官始终是在代表检察院行使权力，一旦出现权力被滥用、错用、适用法律不准等情形，损害的都是检察院的公信力，最终将损害人民群众的利益。正因为检察权的行使关系到人民群众的切身利益，每一项权力的行使都不能任性，都少不了慎之又慎。

把握好授予检察官权力的尺度，在当前的改革中，这种尺度是既要充分，又得合理，既要有力，又得有度，绝不可一放到底，一蹴而就地完成权力下放。推进对检察官权力下放工作，要循序渐进地进行，宁愿步伐缓慢一点、稳妥一点，也不能追求一种所谓放权尺度的“魄力”而显得冒进。现阶段，可以根据权力的性质，逐步下放，比如，对于检察建议、纠正违法意见、提起抗诉等，就可以先授予检察官自己办案，自己决定的权力。对于人民检察院直接受理立案侦查案件的立案、不立案、撤销案件等，则要缓慢、逐步下放，当前还需要领导继续把关，在检察权运行机制进一步健全，检察人员素质进一步提高，相关的配置制度进一步完善后，再加大放权的尺度和力度，才能真正让人民群众在每一个司法案件中都感受到公平正义。

改革是为了让人民有“获得感”

随着司法体制改革的深入进行，改革的方向和政策逐渐明晰，广大司法人员对改革工作的关注度和期待值也越来越高。希望在改革后，职业保障更全面，收入能够和责任、付出等相适应，希望能够顺利进入检察官、法官员额，成为检察官、法官序列，等等。总之，都是希望能够在改革中有“获得感”。

应该说，希望在改革中有“获得感”，是一种质朴的情怀，完全可以理解。司法体制改革的目标之一，就是让司法人员有“获得感”。当然，这种“获得感”不仅是司法人员在职业保障、入员额上的“获得感”，还是在司法公信力、职业尊荣感、防腐拒变决心、遵循司法规律上的“获得感”。然而，仅仅广大司法人员有“获得感”是不够的，更重要的是，人民群众要在改革中有“获得感”，才是改革的价值追求和最终目的。习近平总书记指出，把改革方案的含金量充分展示出来，让人民群众有更多获得感，深刻而警醒地为改革指明了方向和目标。

改革是由问题引发的。要让人民群众在改革中有更多“获得感”，迫切需要解决当前制约和影响人民群众“获得感”的关键问题。综合而言，当前影响人民群众在司法工作上有“获得感”的，主要是司法地方化、司法行政化、司法不公等导致司法公信力不高的问题，只有通过司法体制改革，才能更好地解决这些问题，让人民群众更有获得感。

从国家结构上讲，我国是一个单一制国家，司法权从中央到地方都遵行统一的法制。地方各级人民法院、检察院是国家设在地方的法院、检察院，代表国家行使审判权、检察权，自上而下适用统一的法律规范，平等地保护各方当事人的利益。但在司法实践中，还存在一些司法权地方化倾向。比如，司法权存在地方保护主义、司法权被行政权不当干预、司法机关被地方政府部门化等。出现司法地方化的原因有很多，主要原因是法院、检察院的人事权，财权都掌握在地方政府手中，法官、检察官的任免都在地方控制之下，导致法院、检察院的领导体制和人财物等管理受制于地方的部门。再者，地方与地方间存在一定利益冲突，司法信任还不够，在一定程度上，也是导致法院、检察院等司法机关被地方化的原因。

司法权是一种裁判权，是在诉讼过程中，司法官按照预设的法律规则和原则，对双方当事人之间的争议事项进行审理，然后作出具有确定力、执行力的裁判结论，从而以权威性、终局性的方式解决争端的一种国家权力。行政权的性质则与此不同，行政权是一种处理权，即行政机关依照一定的原则和方式，依自己的单方面意志对行政管理相对人作出某种行政处理决定的权力。司法行政化趋势主要体现是，在司法管理体制上，司法人员一律都参照普通公务员制度来管理，实行普通公务员的职务、级别、工资、考核、奖惩、退休等制度；在业务管理体制上，实行的“案件审批制”、“审判委员会制”、“检察委员会制”，让法官、检察官有案件办理权，却没有决定权，无论大案小案，都要层层审批，案件必须经过领导批示才能决定，造成“审者不判、判者不审”的尴尬情形。

公正司法要求司法者在裁判案件过程中以公正无私之心公平对待案件各方当事人，严格依照法定程序，正确选择适用实体法在具体的个案之中。古语云：“徒善不足以为政，徒法不足以自行”、“制而用之存呼法，推而行之存呼人”，就是说好的法律制度能否实现关键在于执法之人。司法实践中，仍然存在一些司法不公的现象，比如存在争夺案件管辖区、滥用保全措施、剥夺当事人管辖异议权等；仍存在刑讯逼供、指供、诱供等违法侦查行为的问题；仍存在面对同一事实、相似犯罪情节，量刑标准不统一、不透明、不公开，尤其是对职务犯罪分子过多地适用缓刑、非监禁刑等裁判结果不公的问题等。

习近平总书记指出，司法不公的深层次原因在于司法体制不完善、司法职权配置和权力运行机制不科学、人权司法保障制度不健全。要解决这些问题，让人民群众在改革中有更多“获得感”，只有通过司法体制改革，完善司法管理体制和司法权力运行机制，更好地发挥司法制度在整个国家治理中的功能，促进国家治理体系和治理能力现代化，让司法真正发挥维护社会公平正义最后一道防线的作用。

科学考核检察官正当时

随着检察体制改革的深入进行，目前，多个试点省市检察院已经选任出首批员额内的检察官，正满怀激情地投入到司法办案工作中。总体而言，这批检察官普遍具备政治素质高、职业道德好、实践经验丰富和工作实绩突出等特点，真正满足了中央提出的确保业务水平高、能独立办案的人员留在员额内的要求。

按照检察权统一行使与充分合理授权相统一的原则，试点省市检察院普遍制定了“检察官权责清单”，对检察长、检察委员会、检察官的办案权限进行划分，通过合理充分下放权力，将检察权分类别、分岗位赋予检察官直接行使，确保办案的检察官有定案的权力，从制度上落实“谁办案、谁决定”的司法亲历性要求，解决“审者不定、定者不审”的问题。在合理充分赋予检察官权力的同时，也通过建立健全“办案质量终身负责制”、“防止干扰司法登记通报办法”等一系列制度对检察官用权强化制度约束，进行制度规范，防止出现滥用权力、违法失职等不良现象。

要检验“充分授权”与“规范用权”的实际效果，保证检察权始终沿着符合司法规律的道路正确行使，还需要建立一套对检察官业务能力考核的评价体系。可以通过制定岗位责任说明书等形式，明晰不同层次、不同岗位检察官的职责，细化业务考核中的“肯定项”和“否定项”。科学的考核评价体系不仅是强化检察官管理的需要，也是检察官任职就职、择优选升、绩效工资等的重要依据，关系到检察事业科学、有序发展。

在设置检察官业务考核评价体系的主要内容上，检察机关应当进一步摒弃行政化的思维。要以检验检察官实际办案能力和职业操守为目标，从办案质量、办案数量、司法技能、职业操守、外部评价、廉政建设等方面进行综合考核，考核事项既要相互独立又得环环相扣，既要层次分明又得重点突出，既要奖惩明确又得公平规范，既要能够释放检察官业务提升的空间，又要保证提升的方向符合国家对检察官的殷切期望。

检察权的规范运行，关系到广大人民群众的切身利益，对于在办案中，故意违法违规办案的，如：刑讯逼供、暴力取证或者以其他非法方法获取证据的，违反规定剥夺、限制当事人、证人人身自由的，违法违规查封、扣押、冻结、保管、处理涉案财物等的，应当做到“零容忍”，在业务考核中，毫不犹豫地认定为考核不合格，并应当提请有关部门依照程序免除检察官职务。对于在办案中发生重大过失，不履行、不正确履行职责，发生认定事实、适用法律错误，案件被错误处理，或遗漏重要犯罪嫌疑人或者重大罪行等的，也应当在考核中，本着绝不纵容的态度严肃处理。确保检察业务考核中的“红线”是清晰明了的，是绝对不能践踏的。

司法干部不可“有权就任性”

践行“三严三实”，“严以用权”是关键。手握权力的领导干部，一定要明白每一份权力的来源，筑牢慎权慎行的防火线。对手中的权力，始终保持战战兢兢、如临深渊、如履薄冰的谨慎；始终怀揣心有所畏、言有所戒、行有所止的约束；始终做到依法用权、秉公用权、廉洁用权。

我国《宪法》规定：中华人民共和国的一切权力属于人民。这就是说，人民是国家和社会的真正主人，一切权力都来自于人民，各级领导干部不是权力的所有者，而是由人民赋予其权力，权力属于人民。毛泽东同志曾经告诫全党：“我们的权力是人民给的。”邓小平同志深刻指出：“领导就是服务。”习近平总书记反复强调：“我们的权力是党和人民赋予的，是为党和人民做事的，只能用来为党分忧、为国干事、为民谋利。”

领导干部作为人民群众的代表来掌握权力，这是党和人民对领导干部的高度信任，是对领导干部社会价值的充分肯定和更高期望，更是领导干部对党和人民信赖所作出的一份庄严承诺。领导干部自觉增强党性修养，提升从政道德修养和个人品行，慎独慎微、勤于自省，才能把人民赋予的权力用于为人民服务，才能体现权力的本质所在，才能发挥权力的应有作用。如果背弃责任和义务，权力的性质就会改变。我们党绝不允许任何领导干部独断专行，任意挥舞手中的权力大棒，把自己凌驾于组织之上；我们党绝不允许任何领导干部“经济上贪婪”、“道德上堕落”、“生活上腐化”；我们党绝不允许任何领导干部脚踩权力的“红线”、手触制度“雷区”，在“制度的笼子”之外行使权力。

作为国家的法律监督机关，检察机关严格、依法、公正、规范行使检察权，直接关系到中国特色社会主义事业的建设，直接影响到全面推进依法治国，建设法治中国的进程，直接触及人民群众的切身利益。“严以用权”是检验每一个检察人员尤其是领导干部堪当中国特色社会主义事业建设者、捍卫者的关键。

当前的检察工作中，还存在一些检察人员故意违法违规办案的情形，比如：包庇，放纵被举报人、犯罪嫌疑人、被告人，或使无罪的人受到刑事追究；刑讯逼供、暴力取证或者以其他非法方法获取证据；违反规定剥夺，限制当事人、证人人身自由，违反规定限制诉讼参与人行使诉讼权利，造成严重后果或恶劣影响。更有甚者，一些领导干部放松了自我约束，忘记了权力边界，堕落腐化、纸醉金迷、生活糜烂，把“权力是人民赋予的，是应当为党和人民做事的”这个权力的根本来源忘记了，把党和人民赋予的公权力，变成谋取个人利益的私权力，出卖国家、组织和人民的利益，总认为自己高别人一等，有权就“任性”，大权独揽，独断专行，我行我素，不把纪律、法律当一回事。这种忘记权力来源、违法违规用权的人，最终会被人民唾弃。少数领导干部，位爵显赫，本应该是责任加身、慎权慎行，更好地为党为政府工作，可是面对着自身欲望的膨胀，放松了自身的学习，放弃了党性修养，最终犯了不可饶恕的罪过，将自己推上了人民的审判台。

打通司法为民的“最后一米”

当前在全国检察系统开展的“规范司法行为专项整治活动”，从司法作风简单粗暴，特权思想、霸道作风严重，对待当事人和来访群众态度生硬、敷衍塞责、冷硬横推等八个司法不规范突出问题入手，重点整治司法不规范“顽症”，不断提高规范司法的能力水平，确保检察权始终在法治轨道内规范运行。

习近平总书记指出，政法工作做得怎么样，直接关系到广大人民群众切身利益。政法工作搞得好不好，最终要看是否有利于人民安居乐业。这就要求政法机关和广大干警把人民群众的事当作自己的事，把人民群众的小事当作自己的大事，从人民群众满意的事情做起，从人民群众不满意的问题改起，为人民群众安居乐业提供强有力的法律保障。

司法行为规范不规范，人民群众感受最直接、最深刻。如果人民群众在寻求合理诉求，维护正当权益时，不能感受到规范的司法行为，遭遇到“门难进、脸难看、事难办”，遭遇到态度生硬、敷衍塞责、冷硬横推，遭遇到不认真贯彻保障人权的要求，不贯彻证据裁判规则，甚至遭遇到刑讯逼供和非法取证等不规范的司法行为，如何能够在案件中感受到公平正义，如何能够感受到为民司法的真谛。规范司法行为，是打通司法为民的“最后一米”，是让人民群众不仅在每一个案件中都实现实体正义和程序正义，还感受到公平正义。这是贯彻落实习近平总书记提出的让人民群众在每一个司法案件中都感受到公平正义的切实需要。

当前，部分检察人员在执法司法活动中，还存在执行办案规范和纪律规定不严格，讯问职务犯罪嫌疑人同步录音录像制度落实不到位，指定居所监视居住强制措施适用不规范，对一些限制性规定变通执行等问题；还存在不依法听取当事人和律师意见，对律师合法要求无故推诿、拖延甚至刁难，限制律师权利的现象；存在违法采取强制措施，违法取证，违法查封扣押冻结处理涉案财物，侵害当事人合法权益等行为；存在受人之托，过问、干预案件，部分检察人员甚至存在受利益驱动，越权办案，违规插手经济活动等不规范司法行为。

前段时间，最高人民检察院集中通报的第一批11起司法不规范典型案例，集中反映了上述情况，说明少数检察人员在思想政治建设、组织纪律要求和规章制度落实等方面还存在许多问题和不足。广大检察人员也应当及时从这11起典型案例中汲取深刻教训，举一反三、引以为戒，时刻提醒自己，规范司法行为。每一个检察人员都要用壮士断腕的意志、刮骨疗伤的勇气、猛药去疴的决心去规范司法行为，如果不敢于向违法违纪问题“亮剑”，不敢于整治司法不规范的突出问题，很可能在自己有意无意的不规范执法司法行为中，不仅损害人民群众的利益，最终自己也要面临纪律、法律的惩治。

百案杂谈

记得有位学者说过："天底下最聪明的人都关在监狱里了。"从事公诉工作至今，已经办理了百余件刑事案件，面对了几百个嫌疑人。在与这些特殊的人接触过程中，有时会义愤填膺，有时也百感交集，有时候得体察他们是在耍小聪明还是在玩大阴谋，有时候也会在他们动情的诉说下，对案情产生多番思索。

对于一名公诉人而言，办理百余件刑事案件不算什么，最多算练练手了。从另外一个方面而言，都已经办理百余件案子了，也算老手了，职业水平应该更高一些，绝大多数案件都是应该拿得起，也放得下。

一个人犯了罪，对他而言就是遭遇了人生的滑铁卢，后悔不已、羞愧不已、痛心不已、涕泪滂沱。当然，对某些人而言，进派出所感觉像住旅店一般，出入频繁，对各路规则了如指掌，巴不得快点走完程序，他还觉得不耐烦了。有些嫌疑人曾经也辉煌过，诸如五届政协委员，区域致富能手，企业家，或者在某一道上也吃得开，曾经也算个人物的人。当然绝大多数属于社会的弱者，可能仅仅是为了吃饱肚子、弄点钱回家，或者把属于自己的东西处理掉，而越过了法律的界线。有些犯罪分子的危害较小，偷了点钱财，还没到手就被发现了，直接扭送到了派出所，或者一气之下把别人的东西砸了，或者为了牟点小利，向不特定的人传播淫秽物品；当然也有的人就是斩立决也不为过，制造、销售假药并销售至几十个非洲国家，引起外交事件，损害国家名声；有的人一犯罪，牵动了整个家庭的心，整个家庭为了帮他减轻一些罪责，四处奔波、四处诉苦，以泪换同情、以苦换从轻，当然不少嫌疑人似乎不仅被社会抛弃了，也被家人抛弃了，从他们犯事到进监狱，从来没出现过家人，他们“似乎无牵无挂”，也就破罐子破摔，劣迹斑斑。

“可怜之人必有可恨之处。”任何一个人走向犯罪，必然是自身原因导致的，外因只会是假象，更不要说是由社会环境导致。再者，不管导致一个人犯罪的因素包含什么，即便看起来那么值得同情甚至不可思议，事实上，这些都可能是表象，这些人的内心深处可能藏着不少龌龊、不耻。当然，面对嫌疑人，努力去拯救、去预防是相当有必要的，尽量让他面对法律制裁的时候，感觉是“称心如意”的，不因此而抱怨社会，与社会为敌，否则很可能因为一次的锒铛入狱，从此一辈子和监狱结下了缘分。记得有个法学大家写过一本书叫作《天生犯罪人》，我觉得是有一定道理的，事实上，犯罪分子面相上是有些特征的，绝大多数犯罪分子都属于面相上“走极端”的，一看就不会是那么正派和善之人，个性偏执、心胸狭隘的人是很容易走向犯罪的。

要拿下一个犯罪分子，不会那么容易。试想一下，一个人面对即将到来的长时间监禁、大额的罚金、限制终身自由，甚至是死亡的危险，他当然是往最深处去抗拒，带着侥幸的心理，妄图逃过一劫，至少能减轻一些。不过在证据面前，不少犯罪分子以积极良好的认罪态度来争取酌情轻判。也有些犯罪分子考虑到自身的行为也不是那么严重，加之已经做了一些补救措施，按说已经把自身的人生危险性降低了不少，所以会选择平和。一些诸如诈骗犯等，大多巧舌如簧、能言善辩，要想拿下这些人，当然需要巧言能辩，否则何以打蛇七寸。当然，要拿下一个罪犯，既要一定方法，也需要专业能力做支撑，否则会很吃力，有时候想想，把社会败类一个个扔进监狱，还社会以平安，多好一件事情。

当然，犯罪分子也是人，即便是犯罪了，还是要以一颗平等、淡定的心对待，以事实为根据，以法律为准绳，最终将之绳之以法。

辩论技术是公诉人的核心能力

十八届三中全会提出“推进审判公开、检务公开，录制并保留全程庭审资料”。前不久召开的第六次全国法院刑事审判工作会议也提出“在突出庭审地位等方面下工夫”。从这几个权威文件可以看出，突出庭审环节发掘真相的能力，越来越成为刑事公诉、审判工作的核心。换言之，作为公诉人，能否在短短的法庭庭审环节，综合运用证据、现代科技设备、个人语言技巧等指控犯罪，成为公诉人的核心能力之一，也是今后公诉工作的最大挑战。

如果说十八届三中全会的规定是中央精神的体现，尚在文件上，那么修改后的刑事诉讼法明确了证人、被害人、鉴定人等出庭接受询问的规定，就是法律上的体现，而且已经实施了一年。由于交叉询问已经明确化了，而且已经成为庭审的一项重要工作，在以后的工作中，肯定会越来越多地出现。

如果说修改前刑事诉讼工作的核心是固定证据，重心在侦查环节，那么随着司法体制的逐渐改革，特别是刑事诉讼法的修改，刑事诉讼的重心必然转移至庭审环节。之前侦查机关即便已经固定了的证据，一旦到了庭审环节，也可能面临证人、被害人等突然的“不一致”，这种变动性当然地带来极大的挑战，如何面对这种突然的变故，及时以变制变，就是公诉人能力的体现，事实上也是公诉人最值得追寻的能力之一。很多人之所以选择学习法律，就是被庭审环节法律职业者的精彩论辩能力而吸引的。而且，今后的工作，还要把全程的庭审状况进行录像，作为资料予以永久保留，这也意味着庭审没有彩排，每一分钟都是实况转播，一旦进入法庭，任何一分一秒的变化，任何一个行为举止，任何一句语言都将进入历史，而且一旦案件有变化，随时可能翻出来。

之所以谈到这个问题，主要是目前的庭审还存在“走过场”的情形，特别是在一些经济相对不发达、交通不便利的地区，由于嫌疑人获取当地辩护资源和辩护能力的有限，所以，面对庭审，不仅公诉人会因此松一口气，即便是辩护人也觉得“庭上功夫不如庭下卖力”，使得庄严的庭审可能成为“流水线”。未来的司法工作，显然不允许这种现象的发生，至少要逐步减少，向着庭审实质化迈进。

要面对这个挑战，公诉人最少从三个方面着手提升自身的能力，并开始实施。

第一，具备综合应用现代科技设备展示证据的能力。由于证据千条万绪，种类多样，很多案件的卷宗多达几十卷，甚至上百卷，要有理有据，有条有理，既要分门别类地融入法律的精神，又生动地揭示被告人的犯罪事实，当然不是一件容易的事情，而应用科技设备，比如多媒体甚至 3D 技巧等进行展示，显然简单明了，也免去了很多宣读、搬运、罗列的工作。由于公诉人习惯于在卷宗中游走，可能会忽视对现代科技设备的学习和使用，而现代科技日新月异，所以公诉人在今后的工作中，更加注重对硬件设备的学习使用，显得很有必要，用好了，庭审环节的付出可能事半功倍。

第二，相关专业知识的储备。由于刑事犯罪涉及方方面面，一定意义上而言，作为钟馗的公诉人，要捉住嫌疑人这只鬼，当然要有比鬼更高明的技巧，而且现实中，很多嫌疑人都是行业领域的专家、高手，这种经验绝对不是公诉人在办理一两个案件之后就能够学到的，可是公诉人对一些科学基本常识不了解，肯定会在庭审中处于被动。公诉人是正义的代表，在任何时刻都要义正辞严，而且公诉人掌握了系统、全面的法律知识和周全完整的证据，这也是确保公诉人更好地完成指控任务的关键。

第三，论辩技巧。论辩能力是一个多次被强调的能力，可是一个公诉人除了要有一些常规的论辩技巧之外，恐怕一些诡辩技巧也是必须的，我总觉得论辩能力是融汇于一个人性格中的，和一个人的知识储备、把握关键问题的能力、性格等密切相关，事实上，这一块也特别需要积累经验，尤其是积累发掘语言破绽，攻破矛盾语言的能力。无论如何，这是最有挑战性的，当然，这种挑战也需要一种倒逼机制，要是作为对手的辩护人都特别能辩，那么公诉人的论辩能力也会倒逼着提升。

十八届三中全会提出了全面深化改革，我们每个人都是改革的参与者，改革的进展也无时无刻不在影响着我们的工作、学习和生活，全面领会改革的方向和目标是一个参与者的必备工作。

为治理“牛皮癣”叫好

“牛皮癣”是一种常见的具有特征性皮损的慢性易于复发的炎症性皮肤病。在刑事案卷中，也存在一些“牛皮癣”，这些“牛皮癣”可能影响整个刑事案件的质量，破坏程序公正，甚至存在“猫腻”，不排除侦查人员徇私枉法、徇情枉法的行为存在。因一些“小炎症”，导致整个案件出现“大斑块”，甚至造成全身肌体的损坏，不能忽视其破坏力。然而这种“牛皮癣”又不好治理，就像这种皮肤病一样，存在多年，难以治愈，也很难看。

比如，“另案处理”，笔者认为，就是刑事案卷中头号“牛皮癣”。司法实践中，被“另案处理”的犯罪嫌疑人，不少人一般都涉嫌“窝案”，只是由于某种原因，而被列入“另案处理”的范畴。这些原因可能是有的犯罪嫌疑人在逃未归案而无法并案处理，或者可能是在某些刑事案件中，部分犯罪嫌疑人由于年龄、刑事责任等方面的原因，不负刑事责任，需要“另案处理”。除此之外，“另案处理”的存在还和地域管辖、级别管辖、职能管辖有一定关系。比如说，某些犯罪嫌疑人，如果在本地、异地均有共同犯罪事实发生，在异地处理更为合适的，可以列入“另案处理”

应该说，“另案处理”作为司法实践的一种产物，对及时处理案件、杜绝超期拘押、将被告人尽快交付审判、增强打击犯罪的时效性等方面，起到了积极的作用。“另案处理”如果依法使用，有利于案件的侦查、起诉、审判，有利于节约司法成本。然而，在司法实践中，“另案处理”在一定程度上变味了，甚至成为某些人徇私枉法、徇情枉法、逃脱法律制裁的门路。“另案处理”可能成为“另案不理”，比如根据《财经》等媒体的报道，原公安部部长助理郑少东案中的重要角色、广东地下钱庄洗钱案主犯连卓钊正是以

“另案处理“名义，顺利躲过审查和起诉而潜逃香港的。

日前，最高人民检察院和公安部联合下发《关于规范刑事案件“另案处理”适用的指导意见》，对“另案处理”适用的范围、程序以及检察机关对“另案处理”适用的审查监督机制等进行了明确规范。指导意见明确界定了5种适用“另案处理”的情形：(1)依法需要移送管辖处理的；(2)系未成年人需要分案办理的；(3)在同案犯罪嫌疑人被提请批准逮捕或者移送审查起诉时在逃，无法到案的；(4)涉嫌其他犯罪，需要进一步侦查，不宜与同案犯罪嫌疑人一并提请批准逮捕或者移送审查起诉，或者其他犯罪更为严重，另案处理更为适宜的；(5)涉嫌犯罪的现有证据暂不符合提请批准逮捕或者移送审查起诉标准，需要继续侦查，而同案犯罪嫌疑人符合提请批准逮捕或者移送审查起诉标准的。

指导意见也明确规定，检察院在审查逮捕、审查起诉时，应当对适用“另案处理”是否合法、适当进行审查。这样明确有力的指导意见，十分有利于进一步规范司法实践中出现“另案处理”的情形。事实上，在笔者曾经所办的百余件刑事案中，也遇到了诸多“另案处理”，时隔多年后，是否“另案处理”了，还是“另案不理”了，不得而知。现有的司法条件和工作惯性，也无法得知。前些年，公安机关就“另案处理”开展过专项行动，应该说，这个问题的愈演愈烈，引起了法律从业者的不满，也引起了高层的重视，进而推进了这么一项工作，这是实践中问题倒逼规范的典型事件，是先治标再治本的经典行动，这一系列工作流程值得思考，也需要侦查人员严格依照规定认真做好“另案处理”工作，检察人员加强对“另案处理”的法律监督，人民群众通过司法实践，进一步检验指导意见的实际效果。

除了“另案处理”之外，笔者以为，在刑事案卷中，还存在另外一个大“牛皮癣”，那就是“情况说明”，“情况说明”几乎已成为刑事案件的“标配”，几乎每一个刑事案件中，都有那么几份、十几份“情况说明”，甚至在某一举世瞩目的刑事案件庭审中，公诉人出具的证据中，也出现了30多份“情况说明”。实践中，执法者、司法者对“情况说明”用之不绝、乐此不疲，案件退回补充侦查，补充回来的可能就是一纸“情况说明”。然而这样一种没有明确法律依据或者说法律依据模糊的“证据”，如何认定？属于什么证据种类，形式要件如何规范？如何排除非法证据？如何规范侦查人员的出具？都不得而知。特别是关于自首、立功、到案情况等影响定罪量刑的情节，出具“情况说明”，是很危险的，是绝不利于进一步提升执法、司法水平的，也不符合习总书记提出的提高运用法治思维和法治方式的能力。

在笔者对“情况说明”的系列研究中，瞩目的“赵作海案”、“浙江叔侄案”中就有“情况说明”的踪迹，而且成为导致冤案发生的关键一钮。笔者也正是在司法实践中发现了上述一系列问题，对上述一系列问题怀有深深的不安，专门就此进行了研究，申请了最高人民检察院的一个课题，研究成果分别发表在《人民检察》、《理论与改革》、《中国检察官》等刊物上，相关研究论文还获得中央政法委、中国法学会的奖项，然而，刊物上的呼吁毕竟有限，而且在刊物上的疾呼未必让笔者尽兴尽情。在最高人民检察院、公安部对“另案处理”进行规范时，笔者在此郑重呼吁，希望“情况说明”这块具有巨大隐患的“牛皮癣”，也能引起中央和有关司法机关高度重视，出台专门性的指导意见，进一步治理、规范。通过一点一滴的积累，让我们的法治更加完善，让我们的执法、司法指引更加明确。

为什么要进行司法体制改革

就目前而言，我们干得好好的，为什么还要进行全方位的司法体制改革？改革的路在何方？我们该为当前的司法体制改革做什么？带着这三个问题，我最近做了一些思考，愿意和大家分享心得。

为什么要进行全方位的司法体制改革，原因当然是多方面、现实性的，也是全局性、前瞻性的。司法公信力不够，无疑是最核心的问题，我认为提升司法公信力，当然地成为司法体制改革的核心，一切司法体制的改革，都有必要围绕提升司法公信力来进行。所谓提升司法公信力，就是让我们的司法机关有权威，我们的司法人员受尊重，我们的司法工作专于止纷争。

一个国家的法治化程度的高低，一定意义上而言，就是看这个国家的司法机关是不是有权威。当一个人路经最高人民法院、最高人民检察院的门前，是不是有一种油然而生、发自肺腑的崇敬心理，会不会满怀敬意，笔直地站在门前，一定要留影一张，然后放在书橱最显眼的位置。国内的很多学者都喜欢把自己参观美国最高法院、司法部的照片，作为法学著作中作者简历的标准照，彰显自己的见识和视野，这在一定程度上而言，是因为美国的司法机关有权威，所以它的气场，哪怕最权威的学者，最牛气的学者，都有一种接受洗礼的感觉，临近它的审判，都会屏住呼吸，身心神往，所以在自己最有成就的著作中，也得乘机“彰显”一把。记得有一次和某领导会见外宾，外宾们一开始对领导的职位淡定，后来听说领导做过司法部副部长，敬畏感油然而生，这就是因为在国外，司法部很有权威，所以我们曾经做过司法部副部长的领导也同样被尊重。

司法人员受不受尊重，决定了法治权威的生命力。美国有九个老头的传说，国内一直津津乐道，谈着就有一种高山仰止的感觉，从来没有怀疑过，甚至不敢怀疑他们的法律素养和道德情操，关于这九个老头或者过往老头的书籍也多如牛毛，充斥着书店。同样，即便不是老头，就是普通的司法工作人员，也颇受尊重，这是为什么？这就是法治文化塑造的结果。我坚决地认为，中国的司法人员，很多人都是优秀的，尤其是刚进入司法系统，综合素质未必逊色于美国的司法人员，然而我们的司法人员进入了法院、检察院就是进入了机关，很多人不再把心思专注于司法案件的办理，而是关注于工资、职位、处理好人际关系上，有些传统思想浓烈的人，还自以为当“官老爷”了，遇到利益失衡就一肚子抱怨，甚至消极怠工，最终因为一点点小事，罔顾了自己原本十分热爱的职业。这样的司法人员、这样的精神状态、这样的职业素养，怎么能被尊重？这样的人做出来的“司法产品”，怎么经得起历史的检验？再者，这样的人多了，司法机关怎么有权威？

我们的工作要专注于止纷争，才能激发我们的精气神。司法工作终归是一个裁判工作，法院自不用说，检察机关，也是裁判，根据线索判断是不是有贪污贿赂、渎职行为存在，通过证据综合分析，进行准确有力的起诉等。这才是司法工作的重心、中心，也是司法人员的追求所在，然而，我们每天的工作，多少是专注于止纷争的，我们的精力可能都被一些很琐碎的事情占领，让我们无法陶醉其中，当我们的追求不断地被无聊琐事冲击，还必须花大精力去处理时，我们的精气神就渐渐消失了，这样的话，我们对这份工作的崇敬还剩下多少。要是我们自己内心都不对自己的工作满怀敬意，不觉得自己真正是在为这个国家作贡献，那么别人还会尊重司法人员吗？自己不把自己当一回事，别人还会把你当一回事吗？现实的情况是，不少司法人员自己不把自己当一回事，沉醉于低级趣味，这绝对不仅仅是个人价值观的问题，可能是大氛围下一种“随波逐流”，或者一种“还不错的选择”，于是融为一体。这可能存在机制体制问题，然而，要是自己保持着崇高的追求，也不至于如此，最少会饱含精气神。

从目前了解的一些司法改革中，可以看出端倪来，司法体制改革的方向是提升司法公信力，司法人员专业化培养等，比如，省以下检察院、法院人财物统一管理，主任检察官制度，检察官单独系列等，这是一个很好的方向，可以期许在不久的将来，我们的司法机关越来越有权威，我们的司法人员越来越被尊重，我们的工作专注于止纷争，我们对工作始终保持一份精气神。

司法体制改革是一个大问题，对于第一个问题，粗浅思考至此，另外两个问题再行思考。

公诉战争

历经17天的庭审，面对盘踞四川广汉、绵阳、什邡等地长达二十年，长期为非作恶，欺压、残害群众，成员多达30余人、涉案总人数百余人的特大涉黑团伙，成立专案领导小组，下设7个公诉组，集中调配全省范围内最优秀的27名公诉人。审查1000多册卷宗，审阅全案犯罪嫌疑人笔录2000余万字，提出补充侦查意见1000余条，提出书面检察建议890余份，128页76000字的起诉书改了46稿，制作阅卷笔录2936份近400余万字，提审犯罪嫌疑人186人次，专项保证，集中办案，长达150余个昼夜的“白加黑、五加二”超常规模式……

这是什么？这是战争，是一场“公诉战争”！是国家公诉人面对穷凶极恶又阴险狡诈犯罪分子，面对盘踞多年、集团式、特大型犯罪组织的屡屡罪行，而进行的一场战争，这是体力的消耗、智慧的较量、意志的搏杀，是正义与邪恶决斗的大擂台。

近年来，越来越多的特大型刑事案件出现，出现几天、十几天，甚至几十天持续公诉的情况越来越多。而且随着传媒的飞速发展，案件细节、执法办案细节、庭审细节越来越直接地展现公众面前，公诉人不仅要办好案子，也得处理好和媒体的关系，犯罪分子可以无理狡辩、花样百出，但公诉人永远要保持文明理性。作为指控刑事犯罪的国家代表，国家公诉人一次性面对的往往是几十个、上百个犯罪分子，要细细查阅几百册、上千册，甚至是可以堆满一个小教室的卷宗，这一切，要在有限的办案期限内完成，要用十几个、几十个刑法罪名进行强有力的控诉，还得转战多地调取、补充新证据，发现新情况，排除非法证据，不能不说这是一场战斗。随着经济和社会的不断发展，公诉人面对这种“战斗”的场次、局面、难度、深度可能会越来越大。

前不久，我所在的辖区也进行了一场“公诉战争”，公诉连续进行了三十余天，诉讼参与人“导演”的各种大戏接踵而至，各种版本陆续上演……在可预见的不久，类似的“公诉战争”依然不少，其中的担纲者，可能会是我们其中任何一人，事实上，我们的同事随时做好了接掌这类“战争”的准备，谁叫我们是国家公诉人！此时此刻，我们不担纲，谁担纲！

“公诉战争”不同于一般的刑事犯罪指控，也不是面对几本卷宗或是一两个犯罪分子，而是面对一个超级团伙，这是一份超体力、智力、精力的工作。要是我们一如既往采取老办案模式，不进行适当的改革，未必能适应战争的现实需要。或许面对“公诉战争”时，只能采取非常之举，而不是平常之举。适当的改革，必须要尽早地付出行动，才能更好地适应公诉战争。

第一，建立全国、全省范围内的公诉人才库，为全国、全省调配优秀公诉人提供智库支持。检察院的管理体制不同于法院，我们秉持的是检察一体原则，我们全国、全省范围内调配最优秀的公诉人具备法律支撑。面对大要案，往往是全国最优秀的律师蜂拥而至，招数应接不暇，然而，处于属地管辖的掣肘，审判地的公诉人往往比较固定，可能就那么十几个人，在体力、能力、精力上都合适的，但也可能就那么几个人，力量不均，甚至良莠不齐，应对大要案的经验不足。如果面对全国而来的最优秀律师甚至最豪华的律师团队，我们不调配最优秀的国家公诉人迎战，指控当然地会处于不利，打击犯罪的能力可能会减弱。刑事指控形势发展的这种现实，让我们必须尽快地实现公诉人的全国、全省调配。这次集中公诉刘汉案，从咸宁市外调配另外 5 名公诉人，就是全省调配公诉人的一个成功范例。

第二，提前介入侦查是有必要的。提前介入侦查并不是检察院忘记侦查、监督、审判权力的分离和制约，不分彼此地与本应受监督的侦查机关协同办案。恰恰相反，是为了更好地引导侦查机关科学办案、效率办案、规范办案。再者，“迟到的正义非正义”，提前介入侦查，公诉人能够更好地了解案情，吃透案情，对于即将到来的审查起诉，也能够尽快、更好地投入其中，从这个意义上而言，也能够使指控更完美。否则一直等着“大菜端上来”，却又“吃得太急”，难免“狼吞虎咽”，当然不妥当，效果未必好。在司法实践中，侦查机关往往更加重视实体正义，面对犯罪分子，往往尽快地查明案情，有时候，忽视了程序正义。而检察机关不仅关注实体正义，在程序正义面前，也绝不含糊。因而，非常之时，提前介入，不仅有利于尽快地实现实体正义，也能更好地引导侦查工作，让他们更加注重程序正义，让侦查工作科学发展。

第三，结合司法体制改革，把公诉人从“审批大山”中解脱出来。内部审批既是案件质量的保证机制，也是权力制约机制，更是办案人员之间进行有效沟通、协作配合的好机制。然而，审批的层级多了，就难免形式主义，也达不到预想结果，甚至陷入“疲于审批”、“被审批”、“不得不审批”、“代为审批”的状况。笔者以为，两级审批足够了，第一级是承办人自己审批，第二级是相关的领导或者团队负责人审批。我们都是国家培养多年的公诉人，我们都是有着良好职业素养的公诉人，当然会秉持职业操守、道德，全身心地办案，即便有人想“猫腻”其中，也逃不了内部监督的法眼，这就是我们必须坚定的制度自信。最近，主任检察官制度的改革，应该能一定程度上改变这种局面。但是审批少了，公诉人责任重了，对个人的综合素质当然要求高了，检察官还是要以“进步慢也是退步”的心态加强学习、交流、磨炼，以迎接司法改革，适应司法改革，打好每一场公诉战争。

每一场“公诉战争”都是给公诉人的盛宴，是犯罪分子的“滑铁卢”，面对公诉战斗，我们必须时刻准备着，永远做一支能打仗、能打胜仗的队伍。

“朋友圈”流露出的法治思维

法治是治国理政的基本方式，提高干部运用法治思维和法治方式深化改革、推动发展、化解矛盾、维护稳定的能力是十八大提出的重要命题。法治思维是按照法治的观念和逻辑来观察、分析、解决问题，法治思维是要内化于每一个干部脑海内、外化到每一次行动中的科学思维、现代思维。综合而言，是要时刻谨记法律至上、人人平等、程序意识、全民守法等理念。

微信是时下颇为流行的一款手机聊天软件，目前全球用户已经突破6亿。“朋友圈”是广受微信用户喜爱的一个功能之一，广大朋友在自己的圈子里发文、评论、转载、分享，发文的内容、评论的言语、转载的喜好、分享的过程，展现出自己的思维和方式，细细一梳理，“朋友圈”中也流露着大量的法治思维。

“朋友圈”中，一般不会发布反党反政府、血腥暴力、色情淫秽、谩骂、毁谤的图片和言论，即便发布极度隐晦、暗示的上述内容于其中的言论和图片，也会被圈内朋友漠视，甚至鄙视，不排除拖入黑名单。这充分体现了法律至上，严格守法的思维，这是基本的法治思维。俗话说“无规矩不成方圆”，规矩就是规则，是一个社会保持正常运行的基本保证，既规范个人行为也规范国家行为。作为社会生活的一个部分，网络不是特区，网络言论是有边界的，绝对不存在无边界的自由和言论。

“朋友圈”中，对于违法犯罪、欺瞒诈骗的方式，都会进行强烈的谴责和友善的提醒，这体现了全民守法的思维。面对昆明、乌鲁木齐火车站无辜群众遭受恐怖分子反人类、反社会的暴力袭击，朋友圈内一致的谴责，强烈支持政府，彻底打击恐怖、极端分子；面对一些最新的诈骗，坑蒙伎俩、行迹、方式，及时通过圈内转载、分享，得以了解并进行防范；面对社会上流浪儿童乞讨，第一时间拍照转发，试图让孩子回归父母身边，而不是被骗子利用；朋友圈中，也会经常转载最新的法律文件、司法解释，可以随时随地地学习，进一步提升法治意识。

"朋友圈"中，发布自己的幸福生活、人生旅程、所思所想，转载名言警句、"心灵鸡汤"、鸿篇巨制，分享国内国外文化景色、家乡内外特色变化，个人过往今朝喜好特长等，都会得到圈内朋友的友情点"赞"、和善评论、适度调侃，体现了人人平等，相互尊重的法治思维。这是平等的权利渗透到人民生活的各个角落，让每一个人得以自我解放、自我实现，得以在一个平安、和谐、稳定的大环境中，自由自在展现自己的和分享身边的一切美好。

"朋友圈"中，网络舆情关注的案件和事件，总会第一时间出现，有些案件或事件或许就在自己辖区内，甚至就在自己职责范围中，是自己或者同事经手、经办的，可以"近水楼台先得月"窥探出点滴案情，即便如此，始终克制自己发言的冲动，能以法治思维对待热点案件，即便闲聊，也能保持发言的谨慎、客观、理性，在法院未作出生效判决前，绝对不做无端的猜测，不做水军、不灌水，不去影响法院判决，体现了良好的程序意识，这是法治思维的一个重要体现，尤其是司法执法者必须植入骨髓的思维。

"朋友圈"中流露出的法治思维，是一种思维觉悟、一种行为自觉。"朋友圈"中，也时刻讲究法治思维，不仅影响我们自己的判断，也影响圈内好友，在互动交流中，我们要不断提升运用法治思维和法治方式的能力，为实现伟大的"中国梦"，真正建成法治中国而努力。

犯罪之“根”在哪

最近，和同事就一个重大刑事案件，赴县市提审并进行现场查证，期以更深入地了解案情。总体而言，这个案件的特点是“三多”：一是犯罪成员多，二十多人，年龄都在18~25岁之间；二是罪行多，作案可能上百起，证据上能够认定的也近五十起，还涉及命案；三是恶劣影响多，由于连续作案、集中作案，甚至光天化日作案，给区域群众的生产生活带来巨大的恶劣影响。

嗟叹犯罪分子累累罪行之时，更令人嗟叹的是，为什么这么一伙刚长大的孩子会成为如此恶性案件的元凶？是什么造就了这么一个令人痛心的结果？在他们身上都有哪些共同特点？

笔者感觉，这群孩子，就像“浮萍”漂在社会上一般，没有一个“根”能够让他们好好地扎于这个社会，这种“根”可能来源于和睦的家庭、稳固的职业、较好的教育、良善的朋友圈，等等。要是有几个“根”，哪怕只有其中一个“根”，都可以牢牢地牵住他们，结果一定不至于如此。然而这群孩子，就这么一直漂着，在“东南西北风”的吹拂之下，任风吹拂、随风漂移，以至于漂进了罪恶的泥潭，只能进入监狱，由国家帮助改造，可能一辈子也出不来了，即使出来之后也难以回归社会。

一是和睦家庭之“根”。一个和睦的家庭对孩子健康成长至关重要，走向犯罪道路的孩子，很多都缺乏和睦的家庭温暖，要么从小父母离异，要么经常被脾气暴躁的父母殴打，要么父母忙于工作，疏于管教。其中一个孩子，从小父母离异，自己经常被父亲殴打，以至于12岁就离家出走，游荡于社会，出入于不良场所，最终走上了犯罪道路，家庭这个最基本的“根”断了，一个孩子能到哪里“遮风避雨”？和睦的家庭不仅为漂泊的孩子提供了一个温馨的港湾，也得以真切地净化心灵，感受人性的真善美，真正留存心中的感动，感动、感恩占据心灵多了，邪恶、魔鬼能够占据的空间自然小了。一旦断了这个根，就失去了最可靠的港湾。提审时，很多孩子抱怨，自己进入监所后，父母从没来看过，至今也不知道父母在哪里，甚至从小没见过父母，期望在开庭时能够见一面，可见，家庭之“根”至今在牵引着他们，只是这个“根”一直没去牵引，要是牵一牵，或许他们的下一站，便是自己的家庭。

二是稳固职业之“根”。有一个稳固的职业，才能具备固定的收入，才可比较踏实地生存，最终才让一个漂着的人能够扎根，否则可能出于“生活”的需要，而将收入之源着眼于“短平快”的犯罪手段。这些孩子，几乎都没有一个相对稳定的职业，即便曾经拥有，而不愿意“长相厮守”。或许，每个人心中都有一个“魔鬼”，都有做坏事的冲动，然而是什么牵住了你？重要的因素之一，当然是在社会上你已经拥有的一切，你明白一旦你做坏事了，目前你拥有的这些都将失去，你将一无所有，所以你关住了内心的“魔鬼”，克制作恶的“邪念”。而这些孩子，在这个社会上，本来就什么都没有，也无从失去，所以肆无忌惮，失去的是他们司空见惯了已经没觉得是财富、很珍贵的自由。

三是较好教育之“根”。较好的教育未必是一定念到本硕博，而是接受一些最基本的为人、明理、处事教育，底线是知道什么能干，什么不能干。这些孩子，大多是小学都没毕业，没有经历课堂教育的洗礼，父母多为农民，可能由于工作的劳累、无奈、繁重让他们忽视了对孩子明理、处事等的教育，这些孩子，也忽视了自己对自己的教育，没有从身边、电视中、网络上出现的一起起案件中，得到启发，及时向自己泼一盆冷水。在多元化的社会中，社会的“东南西北风”无时不刻地吹拂着这些孩子激荡、躁动、幼稚、单纯的心，社会上一些不良之风影响之下，他们一念之间，忘记了什么该做，什么不该做。最令人痛心的是，一个孩子，已经拥有了较好的工作，父辈的关爱也挺充分，却因为内心的空虚，以抢劫为乐，还乐此不疲，或许他是连最基本的教育都没接受，完全不明白，抢劫不是“过家家”，哪里是想玩就玩的！

四是良善的朋友圈之“根”。“近朱者赤、近墨者黑”，流传千载，古之真理，结识良善之辈，未必能够学好，但也不至于学坏，要是结识了损友，可能互相熏染，相互鼓动，相互模仿，最终一起堕落。这群孩子，很多人一开始老实本分，事实上，即便犯罪，依然还是老实本分。然而，在结识了一些“大哥级人物”之后，在一起打游戏、吃喝、打架，甚至“溜冰”，然后受大哥的蛊惑，一起去抢劫，从此陷入泥潭。当然，你是什么气场的人，你可能就吸引什么样的人，可这些人毕竟是孩子，哪里有什么气场。绝对不能过于放纵，什么时间段，就应该干什么事情，很多父辈出于“管不了”的无奈，把孩子送进军营、婚姻殿堂，甚至放进大学，等等，可能都是出于增加一些“根”的牵引。事实上，这些孩子很多都已经结婚，有的小孩才出生，然而一个妻子、一个孩子，并没有牵住他们躁动的心，没有让他们明白家庭的责任，而是乐此不疲于损友间的“娱乐”。

悲剧背后总有错综复杂的原因，也没法一一去探究，更不能全面、系统地去论述，能书写的只是一些指引。当很多父母面对家里唯一的宝贝，期以巨大的远景，施以诸多的精英教育，是否记得一定要守着一些“根”，一旦一些“根”失守，再好的教育、再大的远景，恐怕也付诸东流。

“毒树之果”与“一枚破鸡蛋”①

“毒树之果”是法律人耳熟能详的一个专业术语。这是美国刑事诉讼中对某种证据所作的一个形象化的概括，意指“以刑讯逼供等非法手段所获得的犯罪嫌疑人、刑事被告人的口供，并获得的第二手证据(派生性证据)”。以非法手段所获得的口供是“毒树”，而以此所获得的第二手证据是“毒树之果”。

“毒树之果”原则作为非法证据排除的规则，对遏制办案人员刑讯逼供，保护刑事被告人的基本权利，有着促进作用。20世纪60年代，美国联邦最高法院以微弱优势正式确立了“毒树之果”规则，即“美国联邦政府机构违反美国宪法规定所取得的证据材料，在审判中不具有证明力”。

“非法证据排除规则”是修改后刑诉法的一个热门问题，也是目前刑事诉讼中，尤其是办理职务犯罪案件中常见的一个问题。如何认识非法证据排除规则？是否如同美国的非法证据排除规则“毒树之果”？是否不仅“毒树”要砍掉，毒树之果也绝不留存？

根据刑事诉讼法第54条的规定：“采用刑讯逼供等非法方法收集的犯罪嫌疑人、被告人供述和采用暴力、威胁等非法方法收集的证人证言、被害人陈述，应当予以排除。收集物证、书证不符合法定程序，可能严重影响司法公正的，应当予以补正或者做出合理解释；不能补正或者做出合理解释的，对该证据应当予以排除。在侦查、审查起诉、审判时发现有应当排除的证据的，应当依法予以排除，不得作为起诉意见、起诉决定和判决的依据。”

---

① 此文刊载于《检察日报》学术版，2014年6月17日，并在微信圈中被大量转载。

由此可见，对于采取刑讯逼供等非法方法收集的犯罪嫌疑人、被告人供述和采用暴力、威胁等非法方法收集的证人证言、被害人陈述等“毒树”的排除是有着明确规定的，该排除的必须坚决排除，在一定意义上而言，中国刑诉法对“毒树”的排除范围比美国更广，不仅包括刑讯逼供的被告人口供，还包括非法方法获取的证人证言、被害人陈述等。除此之外，还规定了对书证、物证的补正和合理解释制度。换句话而言，对于一些“毒树”，只要“清毒”后，依然可以作为证据采纳。而对于中国刑事诉讼中的“毒树之果”，也就是违法取得口供并获得的第二手证据，如物证、书证，或者刑讯逼供等消除后，而获得另外的被告人口供等，是否排除，则没有明确的规定。但是司法机关的主流观点和实践中的一贯做法是不排除的。形象点说，就是毒树可以全部砍掉或者只砍掉那根长“毒果子”的树枝，果子依然留下来吃。

对于国内非法证据排除的规则，在办理某案件中，听到一个形象的比喻，“一个鸡蛋破了，难道要把一篮子鸡蛋全倒掉吗？只要把破鸡蛋扔掉，剩下的鸡蛋依然可以食用。”应该说这个比喻是形象、生动、深刻的，也真切地反映了国内司法机关对于这个“破鸡蛋”的一种务实态度。

然而，“一篮子鸡蛋”理论和“毒树之果”理论有所区别，因为鸡蛋是一个个独立存在的，一个鸡蛋破了，根本不影响其他鸡蛋的食用，但是“毒树”上长出来的“果子”，是否依然可以食用，则未必。

再形象点而言，要是这“一篮子鸡蛋”是从同一个杂货店买来的同一批鸡蛋，其中有那么一两个甚至几个鸡蛋不是破了，而是臭了，请问还敢只扔掉那只“臭鸡蛋”，其余的依然留着食用吗？必然会在脑海中琢磨，是否其他鸡蛋也臭了，还能否食用，毕竟这些鸡蛋来自于同一个杂货铺，也是同一批鸡蛋。再比如，要是这些鸡蛋不是臭了，而是发现其中一两个鸡蛋含有致命的“毒液”，那么还敢只扔掉那几个“毒鸡蛋”，其余的留着吃嘛，恐怕大多数人出于保命的目的，而选择把“一篮子鸡蛋”全倒掉，哪怕内心十分不舍得。

“毒树之果”理论中，“树”与“果”是源与流的关系，要是源头坏了、有毒了，当然影响流域，当然让人对源头流出来的水产生质疑。而“一篮子鸡蛋”理论则忽视鸡蛋的来源问题，本着对工作成果珍惜、珍爱的角度，本着对目前侦查工作面临压力的理解和侦查现状通融的角度，而采取的一种实用主义观点。

有观点认为，“一篮子鸡蛋”更为形象、生动，更符合侦查工作的状态，因为法律明确规定了八种证据种类，每一个证据的收集，都是有着明确的法律程序，每一份证据的收集都是侦查人员分别进行的。这些证据在一定程度上是彼此独立的，不能因为一份证据存在问题而否认另外的证据，就像“一篮子鸡蛋”，鸡蛋一个个是独立存在的，一个鸡蛋出问题了，只能说明这个鸡蛋出问题了，未必说明其他鸡蛋有问题，而且现有的方式也可以证明剩余的鸡蛋没问题，只要能够证明其他的鸡蛋没问题，那为何要把鸡蛋全部倒掉呢。

另一方面，这也反映了违法成本的问题，在不同国家法治化发展程度有差异的情况下，不同国家对侦查人员违法取得的证据，采取不同的态度，包容度、容忍度是不同的，违法成本也不同。

在美国，对违法取证，采取具有连锁反应的“毒树之果”。然而，这种过于苛刻的要求，也带来了在查办犯罪过程中的巨大难度，使得很多案件难以查破，即便查办了，也可能由于一些侦查行为的不当，不能及时惩治犯罪分子，影响了打击犯罪的力度和效果，这种案件屡见不鲜。当然，美国现存的“辩诉交易”制度，在一定程度上舒缓了这样一种严格制度带来的打击犯罪不力的缺陷，而中国不存在“辩诉交易”制度。

在中国，对于非法证据及相关证据的排除，采取一种相对保守的态度，也就是“一篮子鸡蛋”的态度。虽然相对保守，但是从修改前刑事诉讼法到两高三部的《非法证据排除规则》，再到今日的刑事诉讼法，是看得见的进步，而且在很多地方司法机关，已经在进行探索并制定关于非法证据排除的更为细致、明确的具体规定，将会更加完善，更具有指导性，需要拭目以待。要是对于非法证据及相关证据采取一律排除的理论，恐怕现阶段，整个政法机关都难以有效应对，就从目前公权力机关面对律师在"排非"程度上的刁难，公权力的疲软现状，就可以看出来。

应该说，每个人都希望中国吃成一个身强力壮的法治巨人，然而，饭还是得一口一口地吃，一餐一餐地吃。

除了理论上的讨论，对于实践中的做法，笔者认为还是有必要进一步明确的，就是：

第一，对于采用刑讯逼供等非法方法收集的犯罪嫌疑人、被告人供述和采用暴力、威胁等非法方法收集的证人证言、被害人陈述，应当予以排除；由于法律规定必须是两名侦查人员取证，所以只要是其中一位存在违法取证的情形，那么只要他们其中之一参与提取的口供，都要坚决排除。

第二，在其他侦查人员在刑讯逼供等明显消除的情况下，取得的口供，还是应当采纳的，不能借口刑讯逼供的危害具有持续性并深入身心，而对后续的，哪怕是其他侦查人员依法获得一切口供都否定。当然，如何判断刑讯逼供的不良影响是否已经消除，进而不影响后续获取被告人口供，是需要具体问题具体分析，暂且不讨论这个问题。

第三，对于刑讯逼供获得口供后，依据口供的线索，而依法查获的书证、物证，也就是"毒树之果"，笔者以为还是可以作为证据使用的。比如，被告人拒不供述杀人后藏匿尸体的位置，在侦查人员刑讯逼供后，依据线索找到了尸体，那么尸体作为本案的物证，当然是可以作为证据使用的，而不能因为这是"毒树之果"，就予以否定。

法治的进步，需要循序渐进、日积月累。尤其是对于一个转型期的国家而言，要是在法治进程上的有所不当，可能影响整个国家的命运，人民也因此不堪所累。所以，对于法治宁愿保守点、慢一点，也不能过于激进，不能怀揣一种法治浪漫主义，认为西方的就一定好。当然，作为学术讨论，可以积极宣传、渲染甚至引进，但是司法实践的工作者，一定要明白，教授只负责说，不负责做，而自己才是负责做的人。

三打白骨精与程序正义[①]

唐僧师徒四人取经路上，行至白骨岭前，在白骨岭白骨洞内，住着一个凶残、狡猾，善于伪装的尸魔白骨精。为了吃唐僧肉，先后变幻为上山送斋的村姑、朝山进香的老妪和老翁，唐僧不识妖精，面对施主，一如既往，热情如旧，慈悲为怀。孙悟空嫉恶如仇，本领神通，火眼金睛，面对妖精化身，不管三七二十一，接连“三打”，最终铲除白骨精，保得唐僧平安，自己却挨上一顿要命的紧箍咒，还被唐僧写下贬书，炒了鱿鱼，赶回了花果山。

读罢《西游记》，会为悟空忠心耿耿，忠于职守却被固执、迂腐、“没本事”的唐僧“炒鱿鱼”而感到不平。事实上，悟空不仅没杀错妖精，还一杀一个准，也正是悟空的大本事、大忠诚、大操守，才保得唐僧一路平安。

在这个“三打”案前，是否要怪只怪主子不识货，没本事，长个“摆设”用的眼睛，竟然一点也看不出是白骨精。当然，仅就这起“三打”案而言，毫无疑问，悟空三棒下去，都打中了妖精，在一定意义上实现了实体正义，而且实现的过程颇具效率，不留后患。然而从程序正义的角度而言，悟空没有做到，甚至可以说，根本没顾及，这也是他被唐僧“炒鱿鱼”的祸根所在。

程序正义，是一种“看得见的正义”，经典阐述于一句法律人耳熟能详的格言，“正义不仅应当实现，而且要以人们看得见的方式实现。”用诉讼的语言解释是，案件不仅要判得正确、公平，符合实体法的规定和精神，而且还应当使一般人感受到判决过程的公平性和合理性。换句话说，司法机构对一个案件的判决，即使非常

① 此文刊载于《检察日报》学术版，2014 年 7 月 1 日。

公正、合理、合法，也还是不够的，还要使裁判结论得到人们的普遍认可，裁判者必须确保判决过程符合公正、正义的要求。

然而，孙悟空三打白骨精，一打：山野里出现一位年轻村姑，悟空说："它是个妖精，是来骗你的。"说着，就朝妖精劈脸一棒，打死了妖精的替身；二打：山坡上闪出一个年满八旬的老妇人，手拄着弯头竹杖，一步一声地哭着走来。这样的伤心可以说是"肝肠寸断"、"悲痛欲绝"、"痛不欲生"，悟空见又是那妖精变的，也不说话，当头就是一棒；三打：妖精变成了老头，悟空把金箍棒藏在身边，走上前迎着妖精，笑道："你瞒得了别人，瞒不过我！我认得你这个妖精。"悟空抽出金箍棒，怕师父念咒语，没有立刻动手，暗中叫来众神，吩咐道："这妖精三番两次来蒙骗我师父，这一次定要打死它。你们在半空中作证。"众神都在云端看着。悟空抡起金箍棒，一棒打死了妖精。

悟空本事神通，辨得人妖，然而唐僧是肉身，不辨人妖，普通大众也辨不得人妖，对于眼前的情景，于唐僧和普通大众而言，唯一能判断的是，此乃可怜的村姑、老妪和老翁，是普通、善良的人而已。虽然妖精已经有犯罪意图，但是妖精还没有着手实施犯罪，孙悟空就不由分说，接连三棒子打下去，一般人当然认为他是滥杀无辜的。即便站在经验主义的角度，悟空有辨识妖魔的能力，很多次都成功地辨识了人妖，按说以他一贯的操守，不会打错的，但是人有纰漏，马有失蹄，难免铸错，况且在西游故事中，悟空好几次也没能及时辨别妖精。此时此刻，怎么能不由分说，一棒子就打死"人"，而且一而再，再而三。换言之，在普通人眼中，根本看不到孙悟空斩妖除魔这个过程的公平性和合理性，所以，唐僧的处罚也没错。

悟空还是聪明，在前两次吃了程序正义的亏后，第三次时，找来了众神作证，也就是先锁定了部分证人证言，在一定程度上，第三次打白骨精无论是在程序正义还是实体正义上都是无可厚非的，然而前两次的出手，不顾及程序，已经铸成大错，也影响了唐僧对其第三次打白骨精的判断，连证据也不屑看了，直接念紧箍咒，然后炒鱿鱼。

从三打白骨精这个经典故事入手，再结合当前的反腐工作和对职务犯罪查办、起诉、审判的现实需要，笔者以为可以吸取的法律智慧是：

一、在查办职务犯罪过程中，“程序正义，程序优先，没有程序正义，其他都免谈”，应该是检察人员必须时刻秉持的基本理念。哪怕依据我们的职业经验，已经十足地可以认定某人是个腐败分子，但是在没有依法，依规取得确实、充分的证据之前，是绝不可以将就着将案件移送审查起诉。换言之，即便我们的侦查人员如同孙悟空一般具备火眼金睛，能够辨识腐败分子，但是在没有掌握确实、充分的证据之前，绝不可如同孙悟空一样，一棒子打下来。也就是说，出手要慎重。

二、任何一份证据的取得，都必须依法依规，要保证每一份证据都要具备证据能力，符合刑事诉讼法、证据规则中具体条文的规定。“出手的产品”经得起公诉人“火眼金睛”的再次检验，即便有些证据的制作没有具体的条文，也得经得起法律精神、法律原则、检察官职业操守等的考验，除此之外，还得有证明力，经得起逻辑法则、经验法律、良心法则的检验，要尽量减少，最好是坚决杜绝“情况说明”这种狗皮膏药。也就是说，出手要给力。

三、对于在查办职务犯罪过程中，出现违法违规调查取证，甚至刑讯逼供、诱供、指供等情形的，要切实强化自身监督，绝对不能“睁一只眼闭一只眼”，本着都是出自检察系统，“抬头不见低头见”的中庸心理，放过一马，要敢于念起“紧箍咒”，该“炒鱿鱼”的及时“炒鱿鱼”，该移送渎职纪检机关的，坚决移送。这是查办职务犯罪过程，必须遵守的规则，否则只能落个像孙悟空那样一片忠心却被赶走的伤痛下场。也就是说，违规必须要承担痛苦。

司改需要拿掉的“四大腻烦”

对于司法体制改革，专家、学者、检察官、法官以及诸多有话语权或者没话语权的人一直在谈论应该怎么去改革，怎么去改革才让大家觉得舒爽，怎么去改革才能让制约司法体制和司法能力现代化的阻碍逐渐减少，从积极构建的角度去设想，讨论当然无可厚非，也是寻找司法前进道路的一盏明灯。然而，当大家都在谈论应该怎么去改革的时候，我们是否回头想想，为什么我们干得好好的，还要改革呢？哪些是现在的司法体制不那么需要的？什么东西才是让我们最为腻烦的？

作为一名公诉人，尤其是基层检察院的公诉人，对于司法改革期许是什么？或者说对于司法体制改革，希望哪些腻烦的事情，可以从此远离，至少出现的频率不要那么高，腻烦承办人的时候不要那么多。

第一，“审批大山”。对案件的层层审批，当然是让承办人腻烦的，审批人也未必不腻烦。几百、几千个案件甚至上万个案件，最终汇集到一个闸口，需要一个人签字，才能“水到渠成”，无论是出于权力制约的考虑，还是出于案件质量把关的需要，抑或是彰显最后把关人、拍板人的权威，审批的层级越多，越让人腻烦。审批的层级过多在每一个检察院都是存在的，而且越是级别高的检察院，审批的环节越多，一个办案环节下来，总得要那么个把星期甚至几个星期的审批时间，碰上需要上检委会的，还得再等上一段时间。事实上，在一些基层检察院，经常由于最后审批人，通常的主管检察长工作繁忙，时间被出差、会议、接待等办案外工作挤占，大量案件只能压着，只能等着最后审批人抽出时间集中审批签字，而最后审批人一有时间，就被案山案海包围着，这种高强度、集中式的工作量，能保证最后审批人的工作质量？审批人会不会因为工作量的过于庞大，在审批上流于走形式？

第二，“流水作业”。生活中的案件，无疑都是各不相同的，然而办了几年案子之后，渐渐就有“流水作业”的感觉，为什么呢？除了案件类型，工作内容，呈报手续的固定化、模式化，最让承办人感觉是在“流水线”上的，是对案件的特殊性根本没有发言权，自己能做的仅仅是一些流水线上的作业。比如，承办人根据自己对案情、嫌疑人态度、嫌疑人家庭情况、赔偿情况、案件的特殊点等的深入了解，觉得某个嫌疑人可以做相对不起诉，但是这往往不是承办人一个人能决定的，也不是承办人的上级领导能决定的，而是需要主管检察长以及主管检察长之外的那些检察长同意的。这本是一个很好的制度，为了防止权力被滥用，设置了太多的程序，以至于一个好的制度很多时候成为了摆设，最了解的人不能作决定，导致很多轻微的刑事案件，不能适用最合适的方式去处理，这当然极大地打击了承办人的执法积极性，或者在具体案件上的拍板权根本体现不出来，不是在发挥主观能动性执法办案，而是在“流水作业”，这当然是让人腻烦的。

第三，“千篇一律”。执法办案的日益规范化、具体化当然是很好的，但是也导致了一种让人腻烦的“千篇一律”，比如案件都需要写审查报告、起诉书、量刑建议书，都需要提审、需要装订卷宗等，无论是一个事实再清楚不过、一点争议也没有的交通肇事案，还是一个卷宗几百册的非法集资案，可能都得把一些相同的程序走完，才能结案了事。如果案件少，倒也“没什么”，可案件一多，可能就“有什么”了，根据相关分析，一个承办人一年办理五十个案件是合理的，要是多了，必然给承办人造成巨大的压力，压力之下，难保质量。现实中，很多基层检察院的承办人一年办理两三百个案件很正常，不处于办案一线的人，根本无法理解这种压力的巨大，也根本无法理解在工作中，做了多少“没必要却必须要做”的事情。这么大的压力，要是还那么拘于形式、那么“千篇一律”，恐怕不利于承办人把最主要的精力集中于最重要的事情上。

第四，“狼狈为奸”。这是个贬义词，用在这里本不合适，但是形象、生动，能够传神地表达一种现象。之所以“狼狈为奸”，是因为有些案件被人打招呼了，甚至有人在案件中想做点动作，而承办人可能“被动的配合”，甚至可能被忽悠。因为承办人对一些案件的话语权有限，对于一些案件必须例行经过领导的审批，要是领导“觉得某些地方认定有误”，在他权力、经验、淫威以及忽悠的连番发力之下，承办人没准对自己的意见、对自己的办案水平产生怀疑，觉得领导的意见还是正确的。哪怕觉得领导的意见不对，在这么一种工作机制下，敢于“唱反调”的又能有几个呢？所以领导一旦利用某些程序来做一些勾当，承办人恐怕只能被动参与其中，所以用“狼狈为奸”也没有什么不妥的。为什么自己办理的案件，不能充分体现自己的意志，却可能存在漏洞，被人“苟且”其中，这些当然是让承办人腻烦的，是需要堵塞漏洞，谋求制度改变的。

司法改革的路途任重道远，要改变陋习并非一朝一夕的事情，通过司法体制改革拿掉上述“四大腻烦”，也非一朝一夕，一蹴而就的。事实上，在很多法治发达到让人觉得“月亮更圆”的国家，也存在这样类似的问题。有权力的行使，就必须有制约的力量，有制约的力量并非都带来的是权力监督的正能量，也会导致流程下的繁琐、枯燥、纰漏等。我们要做的就是不断地发现问题，不断地改革机制，不断地完善制度，做到永不间断地自我完善，尽最大努力在我们能做的范围内做到更好，这就是我们追求的，也是我们对司法改革的期许。

司改最难啃的“骨头”

司法体制改革，最难啃的“骨头”是哪块？是建构一个合理的制度，是强化执行的监督，是培训强有力的人马，还是其他……个人觉得都不是，司法体制改革最难啃的“骨头”是存在多年的积习、“潜规则”，是“论资排辈”、“赢者通吃”。

根据媒体公布的信息，上海司改方案中，检察官、法官、司法辅助人员，行政管理人员在司法队伍比例分别为 33%、52%、15%。表面上看，85%的司法人力资源都集中投入于办案一线。然而，什么人可以在新体制下，顺势转任崇高的检察官、法官岗位呢？无非还是一些已经占据领导岗位的并且具有检察官、法官资格的人，以及一些虽然不占据领导岗位，但是具有较高非领导职位、机关资历较深的人员，至于这些人是否在一线实际办案，目前办案多少，恐怕不会是考虑的重点，而且现有制度下，这些人肯定不会办案太多，大多从事的是审批案件的角色。根据上海检察机关公布的关于主任检察官任命信息，一个 15~20 人的核心业务处室，大致任命了 6~7 个主任检察官，每个主任检察官下面大致 2~3 个司法辅助人员，细细一看，担任主任检察官的，还是之前担任处长、副处长、调研员的“老领导”们，换言之，老领导拉上之前分管的几个人马，组成了一个主任检察官工作团队，新瓶装的还是旧酒。

当然，“论资排辈”也是一种规则，在现有体制下，也未必不是一种合理的、大众接受程度相对较高的规则。然而，既然是改革，当然需要打破一些旧有的规则，当然需要啃下一些难啃的“骨头”，否则，哪里叫改革，只能叫“变形金刚”、叫“打太极”。一些业务水平高、职业道德好的领导和老资历顺势转任检察官，当然值得赞许，因为即便一线办案少，或者多年不办案，但是功力还是在的。可要是出于平衡和避免难堪的考虑，检察机关一般选择让一些实际脱离一线办案岗位多年、办案能力也一般的老资历顺势转任检察官，而不让一些年轻的，已经承担执法办案重任的人担任。这最少说明改革的勇气是不足的，改革发力是不够充分的，对“积习”、“潜规则”仍没有打破的决心。所以，这也是改革中最难啃的“骨头”，因为“同在一个屋檐下”、“抬头不见低头见”，多少人愿意做这个破坏平衡的人呢。检察长有任期，检察队伍是一辈子的，大家多年来一直在排队，突然一声号令，抽出几个后来者先进入，打破排队的宁静，是需要勇气、技能和担当的。

“赢者通吃”也是一块难啃的骨头，什么叫“赢者通吃”？就是占据领导岗位的人，更有利于、更可能占据司法改革中的优势资源。比如，我们的司法改革方案中，明确在省一级设立“检察官、法官遴选委员会”，试问，谁将成为遴选委员会中的一员？最有可能的当然是处于领导岗位的人员，而这些人员也必将占据委员会的绝大部分席位。当然，我们也会反问，这些人工作经验丰富、领导能力强，又处于领导岗位，对全局了解，不是这些人进入，那是什么人进入呢？难道让一个毛头小子进入不成？有这种思维恰恰就反映了这样一种“潜规则”的深入人心，也反映了要啃下“骨头”的难度之大。我们要问，是不是每一个制度下，那些工作经验丰富、领导能力强、又处于领导岗位的最有发言权呢？既然是改革，当然要有改革的思维，要从骨子里有打破旧有观念、彻底反思内心的新思维。否则，热火朝天的改革之下，一眼望去突然发现，“穿上新衣服”的还是“那些旧人”，执行的新制度下，还是包裹着旧理念，依然是“论资排辈”、“赢者通吃”横行。

检察官、法官是崇高的职业，是法律人的梦想和追求所在，是维护社会公平正义的裁决者。检察官、法官并非是未来司法机关中“利益最厚”的岗位。事实上，检察院、法院的很多优势资源都掌握在一些行政人员手中，而检察官、法官执法办案多了，难免“书生意气”，要从中争取一些物质资源，其实很难。职业理念和技能的良好发挥，是工作上资源的最大争取，换言之，我们为国家，为社会尽心尽力、顺心顺意做了事，内心更充实、快乐，其他的东西少点，其实并不重要，因为职业带来的荣光比其他东西都重要。

制度制定和执行得好，受益面广，制度设计和执行有纰漏，受益的面必然打折扣。从内心深处反思现有的机制，积极地去分析、谋划、建构新机制，是每一个司法人员的责任。每个司法人必须要有“主人翁责任感”、“当家人的忧虑心”的意识，而不是动辄言到体制有欠缺，那只会空谈误国，我们要做的是实干兴邦。要是每一个人都把好自己的执法办案关口，那些嘴里言到的体制机制欠缺还会存在吗，不要因一时的负面信息而绝望，每个人都是法治中国的建构者。

司改的目标是让检察官有傲骨

徐悲鸿有言："人不可有傲气，但不可无傲骨"。司法改革的目标是什么，对检察官而言，就是让检察官有傲骨。

傲骨，出自宋代诗人戴埴的名言："唐人言李白不能屈身，以腰间有傲骨"。傲骨不同于傲气，傲气是自命不凡、目中无人，傲骨则是从里到外都有原则、内涵、志气、实力，有顽强不屈的性格，有一种"败而不馁胜不骄，傲骨凛凛胜似刀"的稳重。一个人身负傲气，易自命不凡，一个人身具傲骨，则百折不屈。

检察官容易有傲气，不少检察官毕业于名牌大学，获得硕士、博士学位，自认为学富五车、才高八斗，自认为学贯中西、融汇古今，自认为司法技能卓越，理论文章一篇接一篇，其实一点地气不接，案件没办几个，空有口头的几点理论。检察官在平时的工作中，总被别人"客气三分"，即便法律同仁也热情友好相对，养尊处优惯了，被毕恭毕敬惯了，难免长几分傲气，少几分谦卑。不少检察官就业过程一路顺利，没有体会人生的曲折，而且一入"衙门"就是省级甚至最高司法机关，刚毕业的"小喽罗"、"毛头小子"，初来乍到就被地方司法大员"盛情款待"，"客气得很"，甚至称呼为"省领导、中央领导"，有时候也不知道自己几斤几两，觉得个人颇受尊重，其实不明白对方只是对他所在的上级部门表示客气而已，尊重的是单位而不是个人。

检察官容易没傲骨，在权力面前，容易迷失自己，过分地相信权力、权威，过分地遵从权力、权威，而曲解法律、忽视法律，怀疑自己的司法判断；在金钱面前，面对挥金如土、面对出手阔绰的朋友，同行，容易自惭形秽，觉得腰包憋屈，面对事业有成、师出同门的律师、商人，觉得手里的工资卡太委屈；在职业发展面前，容易迷失法律人发展的正道，觉得朋友多、路子广，才是混迹“仕途”的正道，投身于广结人脉、广会朋友中，却罔顾了提升司法技能、理论水平和研究最新司法现象；在自我价值衡量上，感觉自己仅仅是普通一员，能力有限，有心杀贼，无力回天，甚至动辄幽怨体制机制，自诩看破红尘，以此得过且过，丧失斗志、激情。

司法体制改革的目标是建立更适合法律人发展，更有利于司法制度现代化，充分发挥法律服务社会、维护公平正义作用的制度。司法制度无论如何改革，最终是需要人来完成的，制度如何塑造人，能把人塑造得如何，至关重要。司法制度下，如何激发、提升、保持人的活力，是司法体制改革永恒的主题，提升检察官的傲骨，是激发、提升、保持检察官活力和战斗力的一条路径。

提升傲骨，要从“谋个检察长”的思维向“当好检察官”的思维转变。

提升傲骨，要从对权力的盲从转向对权力的尊敬，听权力指挥变成听权力指导。

提升傲骨，要想着法治中国功成不必在我，法治建设点滴都始于个人积攒。

提升傲骨，要少谈一些体制机制因素，多研究、分析、解决一些司法实践中的具体问题。

提升傲骨，也得让钱包鼓起，保障作为检察官应有的尊严。

主任检察官，“平的”还是“竖的”

推行主任检察官制度是这一轮司法改革的重要内容。如果说人财物统一管理是从宏观上着手，立足于突破司法权受地方人财物制约的瓶颈，那么主任检察官制度则是从微观上出招，让优秀的检察官专注于办案并提升办案的积极性、专业性和责任感。这项制度的顶层设计，有必要结合当前的司法实践和工作惯性，系统地思考，检察官执法办案时，是不分案件性质和类别，平行地办理各类案件，还是根据个人特长和经验，专业地承办某一类或几类案件，换言之，主任检察官制度下的办案规则，是“平的”还是“竖的”？

“平的”办案规则

当前，检察院的多数业务部门，特别是公诉部门，采取的都是一种轮案制度，尤其是案件管理业务软件的统一运行，给轮案制度带来了巨大的便利。对于检察官而言，软件自动分配到什么案子就办理什么案子，自己只能被动选择，领导也不能主动分派，只有发生某一重大、疑难、复杂或者影响巨大、舆情关注案件时，主管领导才可能根据案件的特殊情况，经过审批手续，指定有关办案经验丰富或者专业有所特长的检察官具体承办。

这样一种分案规则，具有一定的合理性，既能够防止案件有意分派下可能存在的人为“勾兑”，又能有效帮助领导摆脱分案不均、不平的“嫌疑”，也有利于上级部门和院内按照统一标准进行业务考核。然而，不利的是，这种过于“木讷”的分案方式，容易让办案经验丰富的检察官，还得花心思去办一些事实清楚、争议不大、适用法律明晰的案件，显得“大材小用”，而相对疑难、复杂的案件，可能会派送给办案经验尚浅的新手，出现“难堪其重”的窘境。再者，从一定意义上而言，这种分案方式虽有利于检察官法律知识的宽度拓展，但是并不利于检察官对法律知识的深度钻研，也不利于检察官有效解决当前层出不穷、千变万化的犯罪案件和实现自身的健康成长。

“竖的”办案规则

轮案制度直接带来的是相对平行的办案规则，而相对专业化的分案制度，则带来了相对专业化的办案规则。司法实践中，一些检察院根据刑法分则和本区域来案的特点，成立了金融、职务、暴力、毒品等犯罪专办小组，把经验、兴趣、能力趋同的检察官组成团队承办一些类案，在相对专业化分案的基础上，形成一种类案专办制度，也就是“竖的”办案规则，一定程度上能够解决行家能手被“大材小用”的问题，让有专业特长的检察官更加有力地发挥特长，提升执法办案的专业化水平。

然而，这种办案规则，也可能带来一些难题。比如，年轻检察官分配在不同的专办小组，在学习办案的初期，可能得不到系统、全面、多渠道的锻炼，不利于年轻检察官个人综合素质的提升和个人的成长；刑法具有系统性和关联性，“竖的”办案规则下，检察官可能只懂“半部”甚至“几分之一部”刑法，或者仅仅对个别章节熟悉，而其他章节生涩，并不利于办案水平的真正提升；再者，不同类别的案件，疑难复杂程度、卷宗册数都不一样，在考核上难以执行统一标准，而标准的不统一可能带来考核效果的不如意；最后，在一个行政区域内，检察官的人数是屈指可数的，要是形成了个别承办人对某一类案件的“垄断”，可能会产生新权力寻租空间，也不利于对承办人的监督制约。

“三角形”的办案规则

主任检察官制度是以检察官为本，在“员额制”下，严格筛选一批作风正派、经验丰富、理论水平高的检察官，并成立相应的检察官工作室，配备一定的检察官助理，主任检察官对案件的办理，具有相当的话语权，实行终生负责制。不同的主任检察官专业特长必然不一样，但是经过多年办案经验的积累，执法办案的基本功都是扎实可靠的，既能够承担常见的普通刑事案件，又能够有效担当疑难、复杂、重大案件。这是适应当前打击犯罪的需要，又是检察官自身科学发展的合理路径。正是在这种要求下，主任检察官制度下的办案规则，应当既不是“平的”，也不是“竖的”，而应当是“三角形”的，检察官在办案上应当立足面宽，兼顾于尖。

对主任检察官综合素养的需求和要求，决定了这个制度的顶层设计模式。笔者以为，主任检察官制度的基本面最少应当包括以下几点：

第一，每一个主任检察官既需要承办日常生活中多发、易发的普通刑事案件，又需要根据主任检察官的特长，有针对性地专办一些金融、诈骗、职务犯罪、毒品犯罪等较为疑难、复杂的案件。

第二，每一个主任检察官既需要承担日常的办案任务，又需要通过司法实践，以老带新；既需要在普通的刑事案件中锻炼青年检察官助理的基本办案能力，又要督促青年检察官助理在办理大要案的过程中积累经验并能逐渐成为责任担当。

第三，主任检察官的专办案件并非永不变动，而应当执行2~3年轮换制度，既防止出现一个主任检察官对某一类型案件的“垄断”办理，又增强办案的交流力度，提升检察官面对案件的综合能力。

第四，要根据每个主任检察官工作室的基本情况，以人员为基准，适当平衡地分配案件量，确保能够按照较为统一的标准执行业务考核。

司法改革还是得有退出机制

根据前期政法战线主要领导参加“两会”时的表态和近期新闻媒体关于司法改革的些许报道，可以期许，就在近期司法改革总方案将公布，众人可以一睹“庐山真面目”。司法改革方案的公布，不仅对广大司法工作者是一件大事，对全体国民也是一件大事，也是建设法治中国，向世界传递法治中国路径的一份宣言。

司法改革，如果没有司法人员的退出机制，可能如同一把没有刀刃的刀，锋利程度必然大打折扣。对于一些不合格的司法工作者，要毫不含糊、及时、利索地清退出政法队伍，清除出公务员队伍，绝对不能成为某些人逞能、淫威、养老、混迹的场所。

司法工作，尤其是现阶段的司法工作，是需要不断学习的，每年有大量的司法解释、规定出台，大量的指导意见需要及时学习，内部也有各种工作机制更新，这不是不进则退，而是进步慢也是退步。朋友说，在互联网领域，知识更新很快，要是一两年不学习，肯定就跟不上时代，必然要被淘汰，这种淘汰在互联网界密集上演。事实上，法律界知识的更新也不亚于此，要是不及时学习，脑海中的法律思维就可能落后，未必能有效地引导自身工作，甚至因为工作不到位，而影响当事人的权益，然而，反观一下，在司法机关中，有多少人是因为业务素质，而被淘汰的呢？

曾经十分了解一个基层的司法机关，很小的一个地方，100 多号人吃公家饭，真正上班的可能不足 80 人，真正干活的估计不超过 50 个。是什么导致如此呢？首先是地方上有政策，男的 52 岁、女的 48 岁就二线，然后工资照拿，不用来上班，于是一批人就可以不来上班了，事实上，他们上班也不干活，还老是倚老卖老，得年轻人“伺候着”，偶尔还跑来单位“牵线搭桥”、“大说人情”，大摇大摆地来，得意忘形地走，一点不觉得晦涩，反而觉得自己是老资历，很牛。除此之外，一些没到二线年龄的，觉得自己升职无望，又仗着自己在“衙门里”待了二三十年的光景，内部摆起大爷谱来。但正是这些人反而掌握着单位一些实质资源的分配权，在外面败坏公职人员的名誉。单位中，实质性的工作，只能由年轻人完成，还美其名曰“年轻人得多锻炼，我们也是这么过来的”，年轻人工作积极性高，可是被这样折腾几年，估计价值观就会有所变化。社会上说，机关中累得累死，闲得闲死，这种现象不是不存在。

其实，司法机关也罢，其他机关也罢，普遍存在这样的问题，事实上，这也是由一直广为诟病的退出机制不足造成的。本人觉得，在机关中要保持每年3%～5%的裁员率，让有些人居安思危，时刻担心自己可能成为淘汰者，不得不严于律己，强化自身的学习，而不是在单位还搞些学习活动，业务不行了，就管综合，综合不行了，就去搞后勤，搞个几年，可以养老退休了。

让自己昔日的老同事清除出去，显得缺乏人情味，甚至难以下手，尤其是相处了十几年、几十年的。可是，不及时把不合格的清除出去，就会拉低整个队伍的素质，而且影响新鲜血液的注入。

什么是改革？没有壮士断腕、刮骨疗伤的勇气和决心，动刀子见血，怎么算是改革。只是革新一些工作方式，显然是不够的。

国家工作人员如何向宪法宣誓

举世瞩目的十八届四中全会通过了《中共中央关于全面推进依法治国若干重大问题的决定》，在第二章“完善以宪法为核心的中国特色社会主义法律体系，加强宪法实施”中，提出“建立宪法宣誓制度，凡经人大及其常委会选举或者决定任命的国家工作人员正式就职时公开向宪法宣誓。”

建立向宪法宣誓制度，有利于彰显宪法权威，增强公职人员宪法观念，激励公职人员忠于和维护宪法，有利于在全社会增强宪法意识、树立宪法权威。向宪法宣誓制度是世界上大多数成文宪法国家所采取的一种制度，在142个有成文宪法的国家中，规定相关国家公职人员必须宣誓拥护或者效忠宪法的有97个，虽然关于宪法宣誓的主体、内容、程序，各国的做法不尽相同，一般都在有关人员开始履行职务之前或者就职时举行宣誓。

公职人员向宪法宣誓，是公职人员履职生涯中，甚至整个人生中极其庄严、极为重要的一刻，这是一种承诺，是对宪法，对选民的一种庄严表态。自1919年德国《魏玛宪法》首次确认国家公职人员就职时必须宣誓效忠宪法的制度以来，这一制度被现代许多国家的宪法规定下来，成为各国宪政制度的重要内容之一。如美国宪法规定，除总统当选后执行职务前必须宣誓外，国会的参议员和众议员、各州议会议员、合众国和各州所有行政以及司法官员，都应当宣誓拥护本宪法。一般来说，宣誓者都是担任国家重要职务的公职人员，如国家元首、议会议员、总理或首相、各行政官员、司法官员以及其他公职人员。

凡经人大及其常委会选举或者决定任命的国家工作人员正式就职时公开向宪法宣誓。谨以全国人大及其常委会选举或者任命的公职人员为例，根据我国《宪法》第 62 条规定：全国人民代表大会行使职权包括，选举中华人民共和国主席、副主席；根据中华人民共和国主席的提名，决定国务院总理的人选；根据国务院总理的提名，决定国务院副总理、国务委员、各部部长、各委员会主任、审计长、秘书长的人选；选举中央军事委员会主席；根据中央军事委员会主席的提名，决定中央军事委员会其他组成人员的人选；选举最高人民法院院长；选举最高人民检察院检察长。第 67 条规定：全国人大常委会行使下列职权，在全国人民代表大会闭会期间，根据国务院总理的提名，决定部长、委员会主任、审计长、秘书长的人选；在全国人民代表大会闭会期间，根据中央军事委员会主席的提名，决定中央军事委员会其他组成人员的人选；根据最高人民法院院长的提请，任免最高人民法院副院长、审判员、审判委员会委员和军事法院院长；根据最高人民检察院检察长的提请，任免最高人民检察院副检察长、检察员、检察委员会委员和军事检察院检察长，并且批准省、自治区、直辖市的人民检察院检察长的任免。

上述人员都经全国人大及其常委会选举或者任免，正式就职时，都要履行宣誓仪式。作为经我国权力机构选举或者决定的国家公职人员，向宪法宣誓应该成为一次心灵的洗礼，成为一生中最为难忘的一刻，一个公职人员内心有多么重视这一刻，对宪法的尊重就有多强。

美国总统履职时，在首席大法官的监督下，庄严宣誓的情形让人影响深刻。向宪法宣誓制度，在《决定》正式公布前，北京市海淀区人大常委会于 2009 年 2 月曾经做过尝试，从媒体报道了解，在国内，这应该是最早的。《决定》正式公布后，国家工作人员向宪法宣誓的做法就如雨后春笋一般涌现，从近期媒体报道获悉，已经有多批次公职人员在正式履职时向宪法宣誓。如 11 月 15 日媒体报道，深圳福田区 5 名新任命公职人员向宪法宣誓，他们面对国徽、手持宪法，在领誓人的带领下庄严宣誓，“我接受任免，谨此宣誓：遵守《中华人民共和国宪法》和法律，拥护中国共产党领导，忠于国家，忠于人民……”

应该说，这种面向国徽、手持宪法，在领誓人带领下宣誓的模式是庄严、庄重的，也很好地践行了彰显宪法权威，增强公职人员宪法观念，激励公职人员忠于和维护宪法的理念，这是向宪法宣誓制度正式公布后，“特区”率先探索出的一种合理方式。然而不难看出，这种宣誓制度基本上复制了入党宣誓的模式。向宪法宣誓和入党宣誓在主题上是不同的，因而在宣誓模式上还是需要有一定区别，而且在誓词、宣誓模式、宪法的拿放方式等细节上，还需要进一步探索。

对比国外的宣誓制度，在宣誓内容上，如比利时王国宪法第80条规定“国王就职的誓词为：我誓遵守宪法及国家的法律，维护国家的独立与领土完整。”美国宪法规定，总统于就职前，应进行下列宣誓：“我将忠诚地执行合众国总统的职务，并尽其所能维护、遵守和捍卫合众国宪法。”在宣誓的程序上，多数国家都将举行宣誓仪式作为宣誓者开始执行职务的必要条件，因而一般都规定宣誓应在宣誓者开始执行职务之前或者就职时进行，如挪威宪法规定，国王执政时，应立即向挪威议会宣誓；新加坡宪法规定，任何议会议员在议会宣誓之前，不得在议会中参加任何有关立法的议事活动。爱尔兰宪法规定，任何拒绝或忽略作宣誓的法官均被视为已辞去其职务。

关于我国的向宪法宣誓制度，个人有以下四点建议：

第一，有必要尽快从国家层面制定关于经人大及其常委会选举或者决定任命的国家工作人员向宪法宣誓的实施办法，防止各地在没有统一规范的情况下“率先垂范”，导致做法、模式不一，影响宣誓的权威。

第二，要详细规定各类公职人员宣誓的誓词，誓词的选择要慎重研究决定，而且立法、司法、行政人员在誓词上应当有所区别，领誓人也应当区别，立法人员可以是人大常委会主任，司法人员可以是两院院长，行政人员则是政府负责人。

第三，由于是向宪法宣誓，那么到底采取手拿《宪法》，还是手按《宪法》，或者把宪法刻在墙上，面向《宪法》宣誓的模式，做法不一，需要统一。个人觉得，宣誓时，可以制作专用于宣誓的《宪法》文本，所有宣誓人需仰望宪法，庄严宣誓。

第四，建议目前已经在任并履职的所有经人大及其常委会选举或者任免的国家工作人员，无论履职时间多久，只要目前在任，都要集中履行一次向宪法宣誓仪式，这表明所有人，无论职权大小、履职时间长短，无一例外，在这个制度出台后，都必须完成宣誓，表明忠于宪法和法律的决心。

“小三被当街扒衣”背后的法律问题

浏览网页时，经常会看到一些“花边色彩”颇浓的新闻，诸如“小三遭遇正房，当街被扒衣”、“小三被扒衣，男方誓死护花”等。对于这种“当街扒衣”的行为，应该如何看待，其中的情理法如何厘清，有必要关注。

破坏他人婚姻家庭的行为当然是不耻的，虽然国内的法律没有对此进行相关规定，但是自古以来，在道德上都是被极大贬斥的。换言之，充当“小三”者，即便遭遇“当街扒衣”这种奇耻大辱，可能也搏不到社会的同情、声援，甚至被嗤之“罪有应得”、“不是不报，时候未到”。

现行《刑法》第 237 条规定：“以暴力、胁迫或者其他方法强制猥亵妇女或者侮辱妇女的，处五年以下有期徒刑或者拘役，聚众或者在公共场所当众犯本罪的，处五年以上有期徒刑。”

由于强制猥亵、侮辱妇女罪是从 1979 年刑法中的流氓罪中分流出来，本罪的“猥亵”主要是以脱光衣服、抠摸下体等淫秽下流手段猥亵妇女，“侮辱”则是违背妇女意志。多次偷剪妇女发辫、衣服，向妇女身上泼洒腐蚀物、污秽物等，也是一种出于流氓动机、精神空虚、为发泄刺激其性欲而为的“猥亵”行为，换言之，多是涉“性”的行为。本罪的犯罪主体多为男子，但是女子可以因为帮助、教唆男子犯罪，而成为本罪的共犯，也可以单独实施本罪。

原配当街“扒光小三衣服”的行为，显然不是出于一种流氓动机，也不是一种精神空虚的发泄刺激性欲行为。虽然这样一种公然扒光衣服的行为具有强制性，但是从主观动机上判断，并不符合本罪的犯罪构成。

除了《刑法》第237条之外，现行《刑法》第246条规定“犯侮辱罪的，处三年以下有期徒刑、拘役、管制或者剥夺政治权利。”

侮辱罪侵犯的是他人的人格和社会名誉，一般是行为人为使他人人格遭受损害而采取暴力手段。和第237条的猥亵、侮辱妇女罪相比，二者的区别在于：(1)强制猥亵、侮辱妇女的行为人一般出于流氓动机、精神空虚，为发泄刺激其性欲而为，而侮辱妇女罪则出于报复、妒贤嫉能等动机；(2)强制猥亵、侮辱妇女罪行为人侵害的对象具有随意性，而侮辱罪侵害的对象一般是针对特定的某个或者某几个妇女；(3)强制猥亵、侮辱妇女既可以公然进行，也可以暗地实施，而侮辱罪则必须采取让第三人能看到或者听到的方式进行；(4)强制猥亵、侮辱妇女带有强烈的性色彩，而侮辱妇女罪则不一定具有性色彩，或者性色彩较低。

由此对比，可以看得出来，“当街扒光小三衣服”的行为，虽然不符合强制猥亵、侮辱妇女罪的犯罪构成，但是符合侮辱妇女罪的犯罪构成。出于报复“夺夫之恨”，针对“特定的女人”、“公然强制进行”、“虽然扒衣，却不是发泄性欲”等。事实上，在生活中，发生的侮辱妇女罪，大多表现为“强行扒光被害人衣裤”、“撩开衣裙当众羞辱”、“强行向被害人浇灌粪便”等。由于本罪是情节犯，必须情节严重才构成犯罪，诸如侮辱行为手段恶劣、动机卑鄙、造成严重后果或者恶劣社会影响等。虽然“小三”的行为可耻，但是公民是不可以“以暴制暴”，我们也不能乐观地以为“负负得正”。呈现在执法者面前的只是“当街扒掉衣服，侮辱她人的行为”，而且从网上那些“香艳”的“扒衣图”就可以作出基本判断，是完全达到情节严重的侮辱行为。所以，原配遭遇“小三”，当街扒衣的行为，不是一个简单的“私力救济”问题，更不是“侠义行为”，不值得“围观”，而是有违现行刑法，具有严重社会危害性的行为。

法律就是法律，道德只是道德，缠绕在法律上过多的道德青藤，决不能扭偏了法律。

虽然网上经常出现类似“香艳”新闻，但是后续的诸如“小三状告原配当街扒衣”的新闻却很少，原配即便做了当街扒衣的不法举动，也未必遭遇法律的惩罚。主要是因为本罪是“亲告罪”，是“不告不理”的。对于遭受这种侵害的被害人，必须自己亲自到法院提供证据，付之告诉行动，才可能让实施者得到处罚。或者“小三”们觉得做“小三”已经不敢见光了，又被“当街扒衣”，哪里还有胆量去法院告状，所以，还是忍辱负重，争抢“老公”为主，得到“老公”者，才得到天下，因而此类事件大多没有下文。

书香、园林和“老罗”[①]

近日，应正义网法律博客邀请，随来自全国的另外 9 位法博博友一同来到素有“千湖之省”称号的湖北。参观、走访了宜昌市人民检察院，宜昌市伍家岗区人民检察院和荆门市东宝区人民检察院。两天的行程，紧凑丰富，三院的风格，和而不同。参观、走访过程中，既被宜昌市人民检察院那扑面而来的“书香之气”熏染，不自觉中，又沉醉在五家岗区人民检察院那简约典雅的“五家园林”里，更震撼的是，东宝区人民检察院在 2011 年提出“一年打基础、两年创省优、三年创国优”的目标，不仅圆满实现，还提前实现。

“文化立检”的典范

宜昌素有“三峡门户、川鄂咽喉”之称，是文化名人屈原、“四大美女”之一昭君的故里，更是革命军夏明翰的故乡。如今的宜昌，是全国百强城市、全国文明城市。或许正是依托这种雄厚的历史文化底蕴和经济社会快速发展的铿锵旋律，宜昌市人民检察院的检察文化建设也是底蕴深厚、内容丰富、别具匠心。

在这座检察院，检察官们精心把检察文化进行“物”的固化和“景”的美化，为大楼注入“文气”。四栋业务大楼分别命名为“忠诚”、“公正”、“责任”、“使命”，并把大楼设计成寓意奋进不息的风车状，楼群以全玻璃结构的阳光大厅相连，寓意公开透明的执

---

① 此文系应正义网的邀请到湖北宜昌、荆门考察之后，针对三个检察院的检察工作所书写的随笔。

法理念，梅兰竹菊等林木点缀其中，除此之外，囊括中西方检察文化经典的壁雕、古今中外法律大家佳作、写有法言警句的书画作品镶嵌其里，真正让检察文化时时处处浮现于眼前、萦绕于耳边、呈现于案头、内化于内心。

除了在机关大楼中做到“物景交融”，宜昌市人民检察院还精心设计了检察标示“正义之眼”，创作了院歌《有我》、《最高的奖赏》，拍摄了纪实片《超越》，还围绕职务犯罪、刑事检察、诉讼监督等工作，强化调研，完成多项国家、省级课题，出版了《检察职能理论与实践》等书籍。或许正是在这种浓厚的文化氛围中，近年来，宜昌市人民检察院人才辈出，涌现出 11 名全国全省检察业务专家、检察理论研究人才，5 人获全国十佳反贪局长、全国侦查监督优秀检察官称号等。

宜昌市人民检察院负责人告诉博友，近年来，宜昌市人民检察院提出“文化立检、文化育检、文化亮检、文化强检”四大战略，促使检察文化成为了推动检察工作发展，不断系统构建理念体系，着力提升队伍素能，精心营造浓厚氛围，推进持续科学发展的强大动力。

“本以为检察文化建设，全国都差不多，没想到宜昌市人民检察院的检察文化建设如此好，这次真是来得对，来得好。”随行的检察系统博友一路上不断地感慨宜昌市人民检察院检察文化建设成就，不断地被宜昌检察干警那种精益求精、不断超越的精神震撼。随行的两位在校学生博友表示，毕业后，一定要努力考到这么一座“满院尽带文化甲”的检察院，在这里起航自己的法律梦！

“内部整合”的标本

“我们伍家岗区人民检察院在全省检察系统，算是一个小院，现有 37 人，在‘内部整合’之前，设置了 15 个内设机构，配备了 6 名党组成员，19 个科室正副职，中层以上干部岗位占全院总人数的 71%，其他岗位只占 29%，形成了‘机构多’、‘官多兵少’、‘一线办案力量严重不足’、干警忙闲不均、重大案件无法办理等一系列问题。”在和博友们交谈时，伍家岗区检察院负责人开门见山，直入主题地谈到。“上述突出问题，使我院检察工作发展陷入困境，执法成果不突出、办案效率不高，60%的公诉案件都要延期，为了解决迫在眉睫的问题，我们要坚决进行改革，只有改革才能有出路！”

“改革的目标是‘整合力量、倾斜一线、淡化行政色彩、突出检察官地位’，主要方式是‘减牌子、加位子、定责任、强监督、给待遇、配车子’。”

“如今，通过减少科室的牌子，增加主诉、主办检察官的位子，原来的15个机构，职能不变，但是归到五个部门，即批捕公诉部、诉讼监督部、职务犯罪侦查部、案件管理部、综合管理部……”

经过一系列改革，伍家岗区人民检察院一线办案人员比例大幅上升，达到86%，年终结案率达96%，实行检察官直接对分管检察长负责，不仅破解了“机构多”、“官多兵少”的难题，更难得的是，一些青年骨干放弃在行政部门担任领导职务的机会，坚决要留在主办检察官的岗位上，一些50多岁的老同志，依然奋战在一线岗位，涌现了全市年龄最大的53岁主诉检察官，58岁的老同志依然担纲着院内的“查账高手”，57岁的老同志总结出“四讲工作法”，还被区委大力推广。

“五家岗区人民检察院的‘五部制’内部整合改革，对于全国的很多基层小院都有借鉴意义，虽然和香港廉政公署只有3个处相比，依然显得‘臃肿’，但是能够砍掉2/3的机构，已经很厉害了，不愧‘内部整合’的典范，对当今的政府机构改革、检察改革都有借鉴意义。”博友在参观并听完介绍后，由衷地说道，“最重要的是，突出检察官的地位，提升了检察官的精气神，是以另外一种方式延长了检察官的生命。”

“服务群众”的绝招

三年前，这个位于湖北省荆门市的基层检察院在全省排名，还是非常靠后的一个院。如今，荣获了“全国先进基层检察院”、“全省十佳检察院”、“省级文明单位”、“湖北省五一劳动奖状”。今年，又被最高人民检察院荣记集体一等功。在全市检察系统22项考核中，17项名列第一，3项名列第二，实现了两年三大步，三年跨越式发展的“中部奇迹”。

之所以能取得如此骄人成绩，是近年来，东宝区人民检察院紧紧围绕“强化法律监督、维护公平正义”的检察工作主题，以“十化”建设为抓手，努力建设新型基层检察院，不断加强检察品牌创建，促使检察整体影响力和核心竞争力日益增强。

“我们大力深化品牌建设，打造预防品牌，购置LED流动检察服务车，以群众喜闻乐见的方式深入到社区、农村，大力宣传检察职能和检察工作，不断增进与人民群众的感情联系。今年来，流动宣传服务车开进乡镇、广场进行法制宣传达15次，还联合区委宣传部、教育局开展‘关爱明天’青少年法制教育活动，历时2个多月，对东宝区12所学校1400余名学生进行法制教育……”东宝区检察院负责人满怀豪情、充满自信地谈到预防工作，“如今，我们建立了集职务犯罪预防、青少年违法犯罪预防和诉讼违法犯罪预防“三防一体”的预防警示教育中心，还荣获了最高人民检察院颁发的全国百家预防教育基地的称号。”

如何打通检察工作服务基层群众的最后一公里，是检察工作面临的新形势、新难题。东宝区人民检察院的绝招是在全区各个社区、乡镇设立了检察工作室，并聘请群众工作经验丰富、社区威望高的退休检察官，担任检察工作室的负责人，继续发挥余热。

“老检察长70多岁了，如今，依然在社区里调解纠纷、化解矛盾、宣传法制，在社区里威望很高，深得群众喜爱。”社区主任热情地向各位博友介绍，“老罗”已经成为社区的品牌，“老罗”已经成了社区的“保罗”。

“我告诉老检察长、老检察官们，你们在社区里工作，可以‘三天打渔、两天晒网’，虽然只是干三天休两天，但是也得考勤，管理还是得从严的。”东宝区检察院负责人说完委婉一笑，“主要是考虑到老同志年龄大，虽然工作很给力，但是也得劳逸结合，他们工作三天，剩下的两天，让院内年轻干警对口补充，实现新老结合，保持工作的延续性，既让群众工作经验丰富的老检察官再发光发热，又使年轻干警有机会在一线锻炼，增强和群众打交道的本领，对检察工作的有效开展，特别有益！”

紧凑而丰富的湖北检察之行，很快就结束了。通过参观，走访宜昌、荆门市的三个检察院，感受三个检察院的文化建设、内部整合经验和服务群众工作，让参观者受益匪浅、印象深刻。

如何发挥检察工作服务地方经济社会发展，如何进一步提升我们的检察工作水平，如何摸准基层的实际，深化检察工作改革，如何破解现实中检察工作面临的种种难题，或许，答案就在其中。

公诉人的梦[①]

各位同行：

看完这部影片，从大家的神情，看得出来心情比较沉重。影片中的这位优秀的法律人，即便付出了巨大的努力，也得到了有力的支持，但是最后的结果似乎并不尽如人意。在追求公平、自由、人权、正义的过程中遭受了巨大挫折，付出了惨烈的代价。

然而，先忘记这些，让我们回到影片的开头部分，律师宋佑硕，高中毕业，没钱没背景，在城市里从事泥瓦匠工作，穷困到吃一碗面的钱都没有。可硬是凭着一腔热情和一番努力，难以想象地拿下了律师执照，成为了一名税务律师，并且成立了个人律师事务所，而且实现了自己房子、票子、位子的梦想，这无论如何也是一个值得称道的追梦的故事，同时也是一个激动人心、振奋精神的法律人梦。

党的十八大以来，习近平总书记提出了国家富强、民族振兴、人民幸福的“中国梦”，我想“中国梦”的实现，是要靠一个个“个人梦”、“行业梦”、“企业梦”的有效堆积和有机融合。作为一名国家公诉人，我们的梦想是什么？曹建明检察长说，公诉部门是检察机关最核心、最标志的部门。开学仪式上，领导也说，公诉部门是检察产品出产最多的部门，与人民群众打交道最直接的部门。可以说，对于任何一个检察官而言，进入公诉部门，是真正起航法律人梦的开始，在一定程度上让人“羡慕嫉妒恨”。

然而，我们工作了一段时间后却发现，案件的办理越来越“流

---

① 此文系在参加省检察院组织的公诉人出庭素能高级研修班期间的一次临时演讲，后来整理出来的。

水作业”，个人在案件中的主观能动性发挥并不多，面对侦查机关、审判机关的一些不规范行为，有时候却“有心杀贼，无力回天”；面对一些轻微刑事案件，我们从案情最深处出发，有心作相对不起诉以更好地挽救被告人却不能；甚至面对可能存在“司法勾兑”，也无力阻止，只能“睁一只眼闭一只眼”；当大量有必要无必要的工作会议占据着我们宝贵的办案时间，各种明存在、潜存在的机关作风侵蚀着我们的法律信仰。一年下来，几百个案子的办理，让我们身心俱疲、无法顾及家庭的时候，我们会反问。这种“累并痛苦着”的生活，真的就是我们追逐的“公诉人梦”吗？

我想，公诉人的梦就是“累并痛苦着”。

因为，我们在战斗。身处炮火一线，置身枪林弹雨才是战斗，公诉阵地就是我们的战场。我们通过自己细致有力的审查起诉工作，使那些有罪的人都得以处罚。我们通过补充完善证据，排除非法证据，让漏罪、漏犯被追诉，同时，也让无罪的不被处罚，做到不枉不纵，不偏不倚。我们通过检察建议、纠正违法，规范侦查行为，创新社会管理，这些都是公诉人战斗的动力。

我们在积累。这周的课程，老师们提出了很多司法实践中遇到的问题，有些问题我们可能遇到过，面对这些问题，我们能够有效应对，而有些问题，我们可能闻所未闻，但是确实是个程序或实体问题，如果处理不好，应对不力，可能使我们前期的工作灰飞烟灭。随着办案数量的增加、办案经验的积累，一个无可争议的事实是，我们的法律思维在不断形成，法律知识在不断增加，法律素养在不断提升。我想，作为一个公诉人，司法技能上的自信、司法理论的深厚，一定能激发我们的精气神。

我们在创造。十八届四中全会即将召开，这次大会必将勾勒出一个更加宏伟的“法治中国梦”，在伟大的“法治中国梦”面前，我们作为一个个普通的公诉人显得那么的渺小，但是我们是“法治中国梦”的直接执行者。一个案件接着一个案件的办理，一次又一次规范有力的出庭行为，都是真切也在践行“法治中国梦”。任何一次法律监督行为，任何一次延伸检察工作触角创新社会管理活动，都是在为“法治中国梦”添砖加瓦。所以，我们公诉人是“法治中国梦”的直接创造者，我们每天都在为“法治中国梦”增添正能量！

同行们，作为国家公诉人，我想即便身是“累并痛苦着”，但是心是“乐并激扬着”的！

借着观看法律影片并作电影赏析的机会，谈一谈我对“公诉人梦”的理解，还请大家多指正，谢谢！

撤回起诉的法治思维

检察机关撤回起诉的权力，是公诉权的重要组成部分。正所谓“有来有往”、“有去有回”，有审查起诉权当然也可以有撤回起诉权，这不仅符合事物发展、运行的一般规律，也是保证公诉权有效、准确、完整行使的必要组成。

根据《人民检察院刑事诉讼规则(试行)》第459条规定，在人民法院宣告判决前，人民检察院发现“不存在犯罪事实的”、“犯罪事实并非被告人所为的”、“情节显著轻微、危害不大，不认为是犯罪的”、“证据不足或者证据发生变化，不符合起诉条件的”、“被告人因未达到刑事责任年龄，不负刑事责任的”、“法律、司法解释发生变化导致不应当追究被告人刑事责任的”、“其他不应当追究被告人刑事责任的”等7种情形，可以撤回起诉。当然，检察机关发起撤回起诉并不当然导致起诉被收回，根据《最高人民法院关于适用〈中华人民共和国刑事诉讼法〉的解释》第二百四十二条的规定，宣告判决前，人民检察院要求撤回起诉的，人民法院应当审查撤回起诉的理由，作出是否准许的裁定。要是法院不同意，即便申请撤回起诉，也是徒劳。

刑事诉讼程序一般是顺向运行的，程序每向前推进一步，都必须把好事实关、证据关、法律适用关，否则都可能造成冤假错案，给当事人造成难以弥补的损害。撤回起诉作为一种程序倒流，相比程序顺向运行，则是一种例外，更多的是担当一种救济或者纠错的功能。但是对于一些本应当判处无罪的被告人，还是应当直接判处无罪，要防止检察机关以撤回起诉的方式撤回起诉后，再按照法律规定作出存疑不起诉，虽然都是对自身的一种纠错和对被告人的一种救济，但是产生的效果则不一样。

修改后的刑诉法，确定了非法证据排除规则，且非法证据的排除，可以出现在侦查、审查起诉和审判阶段。如果在侦查、审查起诉阶段，做好了非法证据排除工作，最后起诉到法院的案件，在检察院视野中，是事实清楚，证据确实、充分的，定罪是没问题的。但在实践中，非法证据的最终排除，大多出现在法庭审理阶段，这就可能导致一种现象，那就是因为非法证据排除导致证据不足或者证据结构发生变化，经过了这么一个程序，已经不符合起诉条件，这就好比一把凳子，去掉了几只凳脚，还能叫凳子吗。

面对这种情况，法院可以作出无罪判决，因为证据不确实、不充分。检察院也可以申请撤回起诉，法院作出裁定同意后，检察院再作存疑不起诉，结束审判程序，但是不必然导致诉讼程序结束。根据法律规定，要是有新的事实或者新的证据，还是可以再行提起诉讼。这样就面临着到底是选择前者，还是选择后者，哪种方式是体现了进步的法治思维和为民的法治实践的选择性问题。

我个人认为，要是证据出现变化导致上述情况，法院可直接判无罪，这样做体现的是一种先进的法治思维，检察院没有必要绕回一大圈，浪费那么多司法资源，作出留有余地的存疑不起诉。即便是可能存在放纵犯罪，检察院也得自尝苦果，吸取教训，总结经验，通过提升自身的审查起诉水平，尽量在审查起诉阶段，排除非法证据，补充完善证据，防止因非法证据排除，导致证据结构发生变化，影响定罪量刑的情况发生。

“专家意见”的法律效力

公诉工作中，经常会遇到一些具备教授身份的律师，特别是知名大学知名法学院的知名教授，在充当辩护人的过程中，针对个案出具某某大学所谓疑难案件研究中心的“专家意见”。这些“专家意见”常常对个案作出终结性结论，使用的字眼常常是某案件“证据不确实不充分”、“不能认定为犯罪”、“是冤假错案”等。在专家意见书中，往往是多位教授连同签名，都是国内知名的刑法、刑诉法专家，还不乏德高望重、名满法学界、年过耄耋的学术泰斗级人物。这些“专家意见”在法庭上一“亮剑”，在检察官、法官眼前一挥舞，似乎感觉“沉甸甸的”，针对实务界的人应当如何面对这些“专家意见”的问题，笔者谈几点粗浅的看法。

第一，什么是“专家意见”

提到“专家意见”，我的第一个问题是，“专家意见”是什么？可以对比一下作为刑诉法中明确规定的八种证据之一的“鉴定意见”，鉴定意见是行业专家针对专门性问题出具的专门性意见，之前称为“鉴定结论”，修改后刑诉法改为“鉴定意见”，根据2010年两高三部发布的《非法证据排除规则》和《办理死刑案件的证据规则》，对于鉴定意见的审查判断应当从以下十个方面进行：

(1)鉴定人是否存在应当回避而未回避的情形；

(2)鉴定机构和鉴定人是否具有合法的资质；

(3)鉴定程序是否符合法律及有关规定；

(4)检材的来源、取得、保管、送检是否符合法律及有关规定，与相关提取笔录、扣押物品清单等记载的内容是否相符，检材是否充足、可靠；

(5)鉴定的程序、方法、分析过程是否符合本专业的检验鉴定规程和技术方法要求；

(6)鉴定意见的形式要件是否完备，是否注明提起鉴定的事由、鉴定委托人、鉴定机构、鉴定要求、鉴定过程、检验方法、鉴定文书的日期等相关内容，是否由鉴定机构加盖鉴定专用章并由鉴定人签名盖章；

(7)鉴定意见是否明确；

(8)鉴定意见与案件待证事实有无关联；

(9)鉴定意见与其他证据之间是否有矛盾，鉴定意见与检验笔录及相关照片是否有矛盾；

(10)鉴定意见是否依法及时告知相关人员，当事人对鉴定意见是否有异议。

然而"专家意见"似乎不受那么多条条框框的限制，只要能搞定那些知名的专家，让他们愿意签上大名，就可以在形式上披着"学术"外衣，在实质上对个案"指手画脚"，甚至直接对个案事实认定、证据采信等发表意见。"学术"嘛，可以各抒己见，可以"高谈阔论"。所以这一类"专家意见"就是一种"意见"，"意见"仅仅代表一种"声音"，是专家个人的声音，而不是法律的声音，没有什么法律属性。

第二，"专家意见"可以说什么

在一些疑难复杂案件上，邀请专家提供咨询意见，甚至召开一个座谈会，是疑难复杂案件办理的一种有效方式，也是提升司法公信力的合理途径。但是是否只要是"大名鼎鼎"的"专家"，就可以参与"专家论证"了呢？比如，一些"专家意见"中，直言个案"事实不清、证据不足"，请问所有签名的专家，是否都认真审查了案卷中的每一份证据？审查时，是否遵循证据规则？要知道，有些专家都八十好几了，身体虽然硬朗，敬业精神也可嘉，可依然公务缠身，要面对一个案件中的几十册、上百册卷宗，要认真细致审查完毕，不是那么容易的事。

笔者以为，除担任辩护人的专家外，其他签名的专家们可以就个案中适用法律发表意见，针对具体的法律条文的理解、适用等提出权威的解释。但是要针对个案的事实认定和证据采信发表意见，必须要站在全面审查所有证据的基础上，另外，需要注意的是，专家的知名度与证据审查能力未必成正比，学术能力与司法实践能力毕竟不一样，即便是学术上的“专家”，在个案上也只能是“小家”。

第三，如何看待“专家意见”

“专家意见”的来头都不小，一般是出生于知名大学的知名法学院的研究中心，签名者可能是我们在法学院读书期间就仰慕已久的法学大家，学界牛人，也可能是曾经传道授业解惑的师者。作为实务部门的司法工作者，当然会从心底里重视这么一份签有沉甸甸名字的意见书，但是心里的重视，不代表这份“专家意见”在个案判断上就真的有分量，还得看看“专家意见”中的内容到底有没有重量，这份意见到底是不是水货。虽然我们无法查实那些签名的专家是否真的在仔细审查了证据之后才敢对证据和事实发表意见，也不敢轻易妄想一份“专家意见”的出炉过程，更不能当面质疑法学届“大名鼎鼎”的专家，但是这份意见毕竟不是 8 个证据种类中的“鉴定意见”，这是“专家意见”，仅仅可以作为参考，换言之，有工夫就看看，没工夫也可以不看。这不是对“专家意见”的不重视，而是对法律的真正重视。

在实践中，能遇到来自学界的“大牛”，是一件幸福的事情。可以在一些具体的问题上和“大牛”好好交流，得到启发，开阔视野。不过司法实务工作不是学术研讨，我们得遵循司法实践的规则，维护法律的底线，就像“大牛”们要遵循学者的基本操守、道德底线一般。

公诉人为什么不离席论辩

无论是在欧美的律政片中，还是在我国香港、台湾等地的影视剧里，经常可以看到一个场景：意气风发的检察官离开指控席，绕着法庭，一边走动，一边滔滔不绝地指控犯罪，时而面向法官，引经据典进行有力地控诉；时而对着辩护人，围绕着事实和证据的认定进行一番唇枪舌战；时而对着被告人，或是轻柔细语，或是疾风骤雨，偶尔还夹杂着夸张的表情和动作，冲击着听众的“视听快感”，主导着法庭的庭审节奏。可谓检察官走在哪个角落，哪个角落就是庭审的风暴中心，检察官说到哪儿，哪儿就是法庭聚焦点。

然而，在我们的法庭上，围绕着一个案件，即便在事实认定、证据采纳、程序辩论上，不乏“疾风骤雨”、不乏“面红耳赤”，但我们的检察官却不会离席而辩论，我们会一直端坐着，可谓“正襟危坐”。即便内心里有一只“狮子”，也只是一只关在笼子里“怒吼的狮子”；法庭调查时，我们平和而坐，拿着备好的证据提纲，有条不紊地宣读证据；法庭辩论时，我们理性而坐，面对辩护人的发问，我们淡定地、有板有眼地回答或者干脆不回答。总之，我们在平和、理性、文明的出庭要求下，淡定地在审判长的指挥下进行指控。这种指控的场面，在大一点的法庭上，就像“打网球”，公诉人拍出一个指控球，辩护人再推回来一个，几个来回下来，审判长说停，然后开始另外一个发球局；在小一点的法庭，就像打“乒乓球”，就是你推出来，我推出去，几个回合下来，只要审判长一声令下，这个问题就不再需要辩论，书记员已经记录在案。

公诉人为什么不离席论辩？在我国现行的《刑事诉讼法》、《人民检察院刑事诉讼规则》，以及《出庭规范》等法律和文件中，都没有不能离席辩论的规定，根据刑事诉讼法无规定则无无效的基本原则，既然没有规定公诉人不能离席论辩，那么为什么工作惯性是“正襟而坐”。而不可以适当地离席论辩？

适当地离席论辩并不是因为它“时髦”，也不是因为欧美法治发达国家和我国香港、台湾等地的检察官都如此，所以我们也“邯郸学步”，而是适应庭审中心主义的适当之举，是与现行刑诉法及当前庭审发展现状一脉相承的。

适当的离席论辩，可以激发公诉人论辩言语的感染力。离席论辩与公诉人出庭规范所要求的平和、理性、文明并不矛盾，离席论辩并不是跑下席位和辩护人“对骂”或者近距离质证被告人，并不是像某些国家的议会一样，说着说着，不仅拉扯起来，还打起来了，离席论辩是在法庭中形成一个中心点，公诉人在法庭上是焦点，公诉人的言语是庭审的凝聚点，以此能够增强案件论辩的感染力。

适当离席论辩，可以增强公诉人论辩的水平。要是一直就这么端坐着，公诉人就会“有备无患”，反正手底下一大堆案卷材料，照着材料读就可以，万一某个点答辩不力，一同出庭的第二、第三公诉人甚至会传递一张小纸条，指引思路，工作间隙还可以翻翻书，临时补补课，这些工作之举都是为了更好的论辩，但是也“惯”出了依赖侥幸的坏毛病，以致公诉人的口才，总是难以提高。我们知道，历史上任何伟大的演讲，几乎都是站着，脱稿而讲的，因为这种“无外力援助”的状态能够促发激情，能够激发斗志，能够让公诉人为了在法庭上不至于无话可说而暗暗下功夫增强其自身的论辩能力。

适当的离席论辩，可以营造更好的庭审效果。公诉人离席论辩，可以更加接近法官、接近辩护人，语言会更加清晰明了，书记员也会记录有力，不会出现麦克风故障问题；也不会为了出示一个物证，劳烦审判长指挥一番，这样做费时又费力。离席论辩只需公诉人一边论辩，一边拿着物证，然后顺势让被告辩论，水到渠成，避免了婆婆妈妈，完美的庭审效果是每一个完美的庭审细节营造出来的。

随着庭审中心主义的到来，法庭审判已经由形式审判变成实质审判，在这种要求下，公诉人也应当顺势而为。适应庭审中心主义，当然要做的事情还很多。适当的离席论辩只是笔者提出的一个想法，或许这样一种论辩的方式会适合一部分公诉人，能激发一部分公诉人论辩的激情。总之，减少公诉人身上的一些枷锁，智者只画一个大圈，不会这儿一个圈，那儿一个圈，若干小圈占的面积反而比一个大圈大。

“老鼠仓”条款的惩治规则

“老鼠仓”是一个从国外传进来的证券业术语，即“先跑的老鼠”，原意是指证券市场上一旦有某种消息会对股价的涨跌产生明显的影响，总有一些最先获知这一消息的人能够在交易中获利或者躲避风险。“老鼠仓”是资产管理和代客理财市场的一大顽疾，在基金证券市场比较普遍，它严重破坏金融管理秩序，损害市场的公平、公正和公开，损害客户投资者的利益和金融行业信誉，从而影响投资者对金融机构的信任，到头来也损害从业人员所在单位的利益，如不严惩，将会严重影响资产管理和基金、证券、期货市场的健康发展。《刑法修正案(七)》在第180条中增加一款作为第四款，规定：“证券交易所、期货交易所、证券公司、期货经纪公司、基金管理公司、商业银行、保险公司等金融机构的从业人员以及有关监管部门或者行业协会的工作人员，利用因职务便利获取的内幕信息以外的其他未公开的信息，违反规定，从事与该信息相关的证券、期货交易活动，或者明示、暗示他人从事相关交易活动，情节严重的，依照第一款的规定处罚。”这就是刑法中俗称的“老鼠仓”条款。

正确理解第180条第4款，直接关系到对“老鼠仓”犯罪的打击力度和治理效果。然而对于如何理解“情节严重的，依照第一款规定处罚”，是否如同第一款，有“情节严重”和“情节特别严重”两个量刑等次，司法实践中，还存在争议，对法律适用的理解偏差，也导致量刑的偏差。

据不完全统计，我国现行刑法包含8个刑法修正案，分则中出现“情节严重”共有160处之多，涉及罪名达到93个。需要明晰的是，其中有些是定罪情节，有些则是量刑情节，如果不做细致区分，可能造成理解偏差。我国的犯罪论体系，以行为的严重社会危害性作为犯罪的本质特征，从实质上对犯罪构成理论进行了规制。犯罪的四大构成要件是判断行为的社会危害性及其程度的基本要素，某行为构成犯罪，需要四个要件在总体上达到应受刑法处罚的程度，如果不能达到这种严重的危害程度，刑法条文就以“情节严重”这一综合性指标来辅助说明四要件中的任何一个或几个需要加强的要件。从这层意义上说，“情节严重”属于犯罪构成要件的内容，属于“补强”性的综合性指标，而非固化在犯罪客观方面之上的恒定要件，更非独立于犯罪构成四要件之外的第五要件。

就“老鼠仓”条款而言，并非证券交易所、期货交易所、证券公司、期货经纪公司、基金管理公司、商业银行、保险公司等金融机构的从业人员以及有关监管部门或者行业协会的工作人员，利用因职务便利获取的内幕信息以外的其他未公开的信息，违反规定，从事与该信息相关的证券、期货交易活动，或者明示、暗示他人从事相关交易活动，就能构成利用未公开信息交易罪，其构成条件是危害程度必须达到情节严重，比如，多次建立老鼠仓的、建老鼠仓非法获利数额巨大的，或者由于建立老鼠仓对客户资产造成严重损失的等情形。根据《最高人民检察院、公安部关于公安机关管辖的刑事案件立案追诉标准的规定(二)》第 36 条的规定，对“老鼠仓”犯罪的追诉标准进行了明确的规定：(1)证券交易成交额累计在 50 万元以上的；(2)期货交易占用保证金数额累计在 30 万元以上的；(3)获利或者避免损失数额累计在 15 万元以上的；(4)多次利用内幕信息以外的其他未公开信息进行交易活动的；(5)其他情节严重的情形。换言之，成交额累计在 50 万元以上的情节，是构成此罪“情节严重”的门槛，否则不能进行刑法评价。

根据 2012 年 6 月 1 日起施行的《最高人民法院、最高人民检察院关于办理内幕交易、泄露内幕信息刑事案件具体应用法律若干问题的解释》第 6 条规定，在内幕信息敏感期内从事或者明示、暗示他人从事或者泄露内幕信息导致他人从事与该内幕信息有关的证券、期货交易，具有下列情形之一的，应当认定为《刑法》第 180 条第一款规定的“情节严重”：(一)证券交易成交额在 50 万元以上的；（二）期货交易占用保证金数额在30万元以上的；（三）获利或者避免损失数额在15万元以上的；（四）3次以上的；（五）具有其他严重情节的。相关部门进行司法解释时，对“情节严重”和“情节特别严重”采取了1∶5的量比，根据第7条规定，在内幕信息敏感期内从事或者明示、暗示他人从事或者泄露内幕信息导致他人从事与该内幕信息有关的证券、期货交易，具有下列情形之一的，应当认定为《刑法》第180条第一款规定的“情节特别严重”：（一）证券交易成交额在250万元以上的；（二）期货交易占用保证金数额在150万元以上的；（三）获利或者避免损失数额在75万元以上的；（四）具有其他特别严重情节的。由此可见，内幕交易、泄露内幕信息罪规定了“情节严重”和“情节特别严重”两个量刑等次，而第180条第一款的“情节严重”是量刑情节的“情节严重”，并不同于第四款是属于定罪的“情节严重”。

根据媒体披露，在号称最大的“老鼠仓”案中，马某于2011年3月9日至2013年5月30日间，担任某精选股票证券投资基金经理，操作自己控制的“金某”、“严某进”、“严某雯”三个股票账户，通过临时购买的不记名神州行电话卡下单，先于、同期或稍晚于其管理的某基金账户买入相同股票76只，累计成交金额人民币10.5亿余元，从中非法获利人民币1800余万元。法院以“情节严重”的档次对其量刑，可能存在法律适用上认识的偏差。笔者认为，其获利1800多万元，应当认定为“情节特别严重”，依照法律规定，应当处5年以上10年以下有期徒刑，并处违法所得1倍以上5倍以下罚金。

在我国现行刑法及8个刑法修正案中，类似条款并非唯一，如第286条破坏计算机信息系统罪，第1款分别规定了“后果严重”和“后果特别严重”，并确定了两个量刑等次，第3款则规定“后果严重的，依照第1款的规定处罚。”在惩治规则上，刑法第180条第4款和第286条第3款，适用规则上应该是一致的，不能简单地从字面上进行片面理解，表面上看，似乎把握住了“罪刑法定”的基本原则，实质上理解出现偏差。

再者，“罪责刑相一致”是我国刑法的基本原则，根据我国刑法的相关规定，盗窃、诈骗、抢劫等侵财型犯罪以及整个破坏金融管理秩序罪，数额达到上述额度的，都没有5年以下的量刑档次，否则难以真正体现“罪责刑相一致”的基本原则。相比普通的刑事犯罪而言，“老鼠仓”还具有以下特点：

一是危害面广。证券、期货犯罪涉案金额大，社会影响面广，涉及投资者众多，严重危及资本市场运行安全和经济社会秩序。

二是专业性强。资本市场关系复杂，技术手段先进，涉及证券、期货、法律、会计、计算机和网络通信技术等诸多领域，犯罪分子往往具有较深的专业背景，熟悉资本市场运行规则和信息技术，惯于利用规则和制度的漏洞逃避法律追究。

三是查处难度大。证券、期货交易具有无纸化、信息化等特点，犯罪分子往往利用互联网、3G通信等先进技术传递信息和意图，加大了事后取证的难度，导致内幕交易、泄露内幕信息犯罪的实发案件数量与查办的案件数量存在较大落差。

目前，最高人民法院、最高人民检察院正在就办理利用未公开信息交易案件具体应用法律问题作司法解释，建议有关部门充分考虑此类犯罪的危害性和顽固性，进一步明确惩治规则，加大处罚力度，规范国家金融市场秩序。

惩治性贿赂的两种路径

性贿赂，通常指国家工作人员接受、索取他人提供的性服务、性利益，以此为交换为他人谋取利益的行为。与权财交易、权物交易不同，性贿赂是以权谋色、权色交易。性贿赂主要表现为两种方式：一种是“亲为式性贿赂”，是指行贿者利用自身姿色，投怀送抱，自荐枕席，与受贿对象发生性行为，目的是为了谋求不法或不正当利益；另一种是“雇佣式性贿赂”，是指行贿者出资雇佣专门的卖淫人员为受贿对象提供性服务、出资为受贿对象包养固定的情人或者为其支付性服务的相关费用，目的是为了获取一定的不法或不正当利益回报。两者的社会危害性、实施者的主观恶性、侵犯的法益等都有所不同。对这两种不同的性贿赂方式该如何惩治，笔者认为，应根据其特点具体分析，通过不同路径进行惩治。

“亲为式性贿赂”的惩治路径

就受贿者而言，可以考虑以渎职罪加以惩罚。渎职罪是指国家机关工作人员滥用职权、玩忽职守，破坏国家公务的正当性和有效性，致使公共财产或者国家和人民的利益遭受重大损失的行为。刑法对多数渎职罪都规定了“徇私舞弊”、“徇私”、“徇情”情节，只要国家机关工作人员存在不公正、不客观履行职务，或故意不履行职务，并且请托人本人或者其提供的性服务者与国家机关工作人员有不正常的性关系，属于是与该国家机关工作人员关系密切的人，就可以认定其符合“徇私舞弊”、“徇私”、“徇情”的客观表现。对于某些不需要以“徇私舞弊”、“徇私”、“徇情”作为犯罪构成要件的渎职犯罪，可以将性贿赂作为从重情节在量刑时予以考虑。

就行贿者而言，性受贿者与性行贿者存在共谋，由性行贿者接受请托人的财物并为他人谋取不正当利益的，可以根据刑法对贿赂犯罪的相关规定进行处罚。如最高人民法院、最高人民检察院《关于办理受贿刑事案件适用法律若干问题的意见》(下称《意见》)第7条规定："国家工作人员利用职务上的便利为请托人谋取利益，授意请托人以本意见所列形式，将有关财物给予特定关系人的，以受贿论处。特定关系人与国家工作人员通谋，共同实施前款行为的，对特定关系人以受贿罪的共犯论处。特定关系人以外的其他人与国家工作人员通谋，由国家工作人员利用职务上的便利为请托人谋取利益，收受请托人财物后双方共同占有的，以受贿罪的共犯论处。"第11条规定："本意见所称'特定关系人'，是指与国家工作人员有近亲属、情妇(夫)以及其他共同利益关系的人。"虽然该《意见》对与性行贿者单独利用其与性受贿者的特定关系收取请托人的财物，并为之谋取不正当利益而国家机关工作人员并不知情的情形没有规定，但是根据刑法修正案(七)，对于性行贿者利用性受贿者职权或者地位形成的便利条件，通过其他国家工作人员职务上的行为，为请托人谋取不正当利益，索取或收受其财物的行为，可以按照刑法第388条之一的规定，以利用影响力受贿罪定罪处罚。

"雇佣式性贿赂"的惩治路径

司法实践中，雇佣式性贿赂多体现为行贿人支付钱款雇佣他人提供性服务，如实践中常见的为嫖娼、小姐陪唱、桑拿洗浴等淫秽活动提供资金或者支付费用，以使受托人在权力运作过程中为其谋取利益。在"金钱—性贿赂—谋取利益"的整个行为流程内部，权钱交易的本质没有变化。行贿人付出的是金钱，得到的是受托人通过职务行为赋予的交易机会；受贿人付出的是利用职务便利的帮助行为，得到的是请托人提供的以一定金钱为代价的性服务。对于请托人代替受托人支付性服务、包养情妇(情夫)费用的，不管是行贿人代为支付，还是行贿人提供资金让受贿人自行支付，都属于直接权钱交易的典型贿赂，应当以受贿罪定罪处罚，受贿的数额则以行贿者为此支付的金钱计算。透过现象看本质，可知性贿赂并非单纯的男女关系问题，其本质是一种交易——权色交易、以权谋色。

有观点认为，将性贿赂入罪需谨慎而行。因为其隐秘性决定了取证的着眼点、切入点较少，造成取证困难。的确，性贿赂的当事双方进行性行为是自愿的，且都不想为外界所知，场所也是精心挑选，极具隐蔽性，现场也会在性行为结束后处理干净，做到不留痕迹。所以，在性贿赂案件中很少能取到犯罪现场的相关证据，除了当事人的供述，难以有其他证据支持，不能形成证据链。打击性贿赂，会付出大量司法资源而收效甚微。不过，对于性贿赂这种严重危害社会、影响公务廉洁性的行为，不能因为一时取证困难而放弃对该行为的惩治，而且随着科技的不断发展、侦查能力和水平的日益提高、国家对娱乐场所管理制度不断健全，对性贿赂调查取证工作的能力和水平也将进一步提升。

惩治性贿赂的相关问题

对性贿赂进行惩治时，笔者认为应注意以下几个问题：

一是对贿赂的认定。从立法沿革看，我国自古以来都将贿赂视为财物。对贿赂犯罪的处理采取计赃论罪的原则，如果不是财物，难以计赃，也难以定罪。对于性受贿者而言，其没有得到实际的财物，只是享受了免费性服务，如果苛以刑罚处罚的话，有违罪刑法定原则之嫌。

笔者认为，有必要在条件成熟时修改刑法，把贿赂的范围扩大到财产性利益甚至非财产性的不正当利益。因为贿赂是一种权与利的交易，是与国家工作人员为政清廉的要求相悖的，不论国家工作人员利用职权谋取的是财物还是其他不正当利益，其本质都是一样的，这也符合国际潮流。《联合国反腐败公约》第 15 条、第 16 条将贿赂罪的对象规定为“好处”，这自然包括非物质利益，“性贿赂”当然在其范围之内。《联合国打击跨国有组织犯罪公约》将受贿罪定义为：“公职人员为其本人或其他人员或实体直接或间接索取或接受不应有的好处，以作为其在执行公务时作为或不作为的条件。”其规定的“贿赂”不仅包括财物、财产性利益，也包括非财产性利益，性服务作为一种非财产性利益当然也包含其中。

二是性侵害问题。性贿赂的一个显著特征是自愿性，一旦违背自愿性可能涉及其他的性侵害犯罪，如：强奸罪、强制猥亵妇女罪等，在处理相关案件时，有必要具体分析、仔细侦查。对于有些性行为的发生可能并非“自愿”，而是其中一方利用职权、影响力对妇女“潜规则”，甚至采取了违背妇女意志，用暴力、胁迫或者其他手段强迫妇女发生性关系，女方迫于自身境遇或者羞耻心不敢揭露。这种行为可能不仅涉及职务犯罪，相关部门应当对其涉嫌的其他刑事犯罪进行侦查，予以惩处。其中，也要防止调查取证时，性行贿者以遭受强奸或被迫发生性行为为借口，试图误导侦查或者逃避法律制裁。

三是道德问题。对于某些可能早就存在的不正当性行为，只是满足双方心理和生理需要，没有滥用职权或徇私枉法的，因仅仅涉及道德问题，应予以党纪处理，进行道德谴责，也可以依据治安管理处罚法给予行政处罚。在这个问题上，不能以性是个人隐私，法律不应该加以调整为借口，而要看这里的“性”是否已经突破隐私权的保护网，成为权力交易的砝码，是否成为商品化了的“性”。如果这里的“性”已经成为具有社会属性的一种交换物，那么对这种严重颠覆人们道德观念的行为不仅要用道德的手段有效规制，还要用法律的手段对潜伏其中的职务犯罪行为予以有效打击，这也符合刑法预防犯罪的目的。

强化自身监督要敢于亮剑

党的十八大以来，各级检察机关按照党中央的要求和部署，坚持党要管党、从严治党，采取有效措施，坚持“老虎”“苍蝇”一起打，不断加大办案工作力度，始终保持惩治腐败高压态势，着力清除危害党的肌体健康的毒瘤，振奋了党心民心，纯洁了党的队伍。检察机关作为国家的法律监督机关和反腐败的重要职能部门，要始终牢固树立监督者更要加强自身监督的意识，不断强化自身监督制约。在自身监督上，要敢于亮剑，以亮剑的决心解决“灯下黑”问题，通过亮剑式自身监督，强化队伍建设，在不断强化监督中提升检察官运用法治思维和法治方式的能力，通过广大检察人员切实有效的行动，提升检察公信力，防止检察权滥用。

自身监督敢于亮剑，是解决“灯下黑”问题的关键步骤

习近平总书记在听取检察工作汇报后，明确要求检察机关要更加重视自身建设，自觉遵守党纪国法，加强制度设计，解决“灯下黑”问题。打铁还需自身硬，检察机关要敢于用比监督别人更严的要求来监督自己，对自身存在的问题，要敢于“亮剑”，用壮士断腕的意志、刮骨疗伤的勇气、猛药去疴的决心，确保检察权在阳光下运行。对于检察机关自身办理的职务犯罪案件，要严格依照刑法和刑事法等规定，把好事实关、证据关、程序关和法律适用关，绝不能顾忌单位同事的面子，本着“抬头不见低头见”“冤家宜解不宜结”的心理，放低监督标准，放松监督意识。对于违反法律规定的程序，违规调取证据的，要坚决排除非法证据；对于违规侦查，导

致证据不完整、不充分，难以达到定罪标准的，要勇于承担不利后果；对于违法使用侦查手段、刑讯逼供、威胁、引诱获取证据的，构成犯罪的，要坚决追究相关人员的刑事责任。

自身监督敢于亮剑，是强化检察队伍建设的切实需要

2013 年年初，习近平总书记在对政法工作的重要批示中，第一次将“过硬队伍建设”作为新时期政法机关三大任务之一进行部署。今年年初，习近平总书记在对检察工作的重要批示中，又把“建设过硬队伍”放在更加突出的位置，凸显了党中央和总书记对检察队伍建设的高度重视，凸显了建设过硬检察队伍的极端重要性。检察机关是国家免疫系统的重要组成部分，是营血卫气、祛邪扶正、保证社会肌体健康的重要力量。如果免疫系统自身出了问题，必定对整个社会肌体健康造成严重危害，并影响党和国家事业健康发展。一个队伍是否过硬，既要经得起“硬考验”，又要敢于“碰硬”，要是没有在自身监督问题上敢于亮剑的勇气和决心，怎么落实习近平总书记政法队伍建设“五个过硬”的总要求？如何能够担当党和国家赋予的使命？只有具备过硬的意志和决心，只有经得起比别人更为严格的监督，任何时刻都不放松监督自身，正视自身存在的问题，敢于亮剑，“动刀子”“做手术”，才是一支豁得出来、顶得上去的队伍。

自身监督敢于亮剑，是提高运用法治思维和法治方式能力的重要途径

习近平总书记强调，各级领导机关和领导干部要提高运用法治思维和法治方式的能力，努力以法治凝聚改革共识、规范发展行为、促进矛盾化解、保障社会和谐。自身监督敢于亮剑，是以鲜明的态度，坚持对腐败、违法行为的零容忍，是以坚定的行动，坚持在党纪国法面前没有例外、反腐败没有“特区和死角”，是真正把

法治思维和法治方式贯穿于执纪执法的全过程的忠实体现，是切实坚持有案必查，有腐必惩，做到发现一件查处一件，坚决克服和防止选择性执法。法治作为党治国理政的基本方式，具有根本性、全局性、稳定性和长期性特征。强化自身监督，敢于对自身问题亮剑，能够促进广大检察干警严格依法办事，遵循法定程序和行为准则，加强执法规范化建设，细化办案规程，落实执法责任，提高制度执行力，做到依法全面收集证据，切实改变"口供至上"的观念和做法；做到完善人权司法保障制度，依法保障辩护律师的职业权利；做到实体正义与程序正义并重，强化侦查权的监督制约机制等。

自身监督敢于亮剑，是提升检察公信力的有效方式

习近平总书记强调，执法司法是否有公信力，主要看两点，一是公正不公正，二是廉洁不廉洁。以上两点标准有针对性和指导性地指出了政法工作公信的基础和力量所在。公生明，廉生威，检察机关要是没有自身的公正和廉洁，一味强调司法权威和司法公信，就是无源之水，无本之木。广大检察人员能自觉强化公正廉洁职业操守当然最好，但是信任不能代替监督，要不断地强化自身监督，对于违反廉洁和公正的行为，敢于亮剑，敢于曝光，绝不大事化小、小事化了，绝不听之任之、姑息迁就，坚决做到逐案剖析、逐案通报，并建立完善定期和不定期通报制度，加大对外公开力度。要严格执行讯问职务犯罪嫌疑人全程同步录音录像制度，推行申诉案件受理与办理相分离制度，深化案件集中管理和案件质量评查机制建设等。通过强有力的内部监督，强化制度约束，在执法办案各个环节都设置"隔离墙"、通上"高压线"，始终保持信仰法治，坚守法治，把法治精神当主心骨，提升检察公信力。

借鉴“梅根法案”防范性侵害

1994年7月29日，7岁的新泽西女孩梅根，被街对面的邻居杰西——一个刚搬过来此地不久，已经有过两次前科的性犯罪分子诱骗至家中后，惨遭强奸并被杀害。“梅根事件”发生后，震惊了整个新泽西州，人们为现有的法律存在漏洞抱恨不已。在社会的不断呼吁和努力下，1996年5月17日，时任美国总统克林顿签署了“梅根法案”。这项法案要求所有有过“性犯罪”前科的人必须到当地警察局报到、注册。社区的居民人人有权上网，或者到警察局追踪本地性罪犯姓名、居住地点，而且可以将性罪犯的资料公布于众，等等。

美国各州关于“梅根法”的具体规定，也不尽相同。比如，在路易斯安纳州，公众可以随便查询性罪犯搬家的资料，甚至有私人公司通过电子邮件随时向用户提供性罪犯的最新住址，以警告用户最近有刑满释放的性罪犯搬到当地居住。在华盛顿州，如果一名刑满释放的性罪犯乔迁新居，警察则会挨家挨户打电话通知邻居罪犯的姓名和住址。最严格的当属俄勒冈州，搬到俄勒冈州居住的刑满释放的性罪犯必须在家里窗户上张贴醒目的记号，以警告邻居自己的身份。除此之外，加州还规定，这些性罪犯必须远离儿童，他们的居住地点必须在距离学校或者孩子集中地500英尺以外，等等，若违背任何条款，立即逮捕。

“梅根法案”的出台，对震慑、防范这类性侵犯罪，保护妇女儿童权益，效果显著。然而，一直以来也诟病不断，比如性犯罪概念的广泛化、犯罪分子终身受辱等。

近年来，女童特别是农村留守女童遭受性侵的现象时有发生，引起媒体的广泛关注，已经成为不可忽视的社会问题。虽然国家也从修改完善法律、完善监管机制、强化宣传教育等方面出发，逐步完善了有关制度，但这些对于防范女童遭受性侵害，还是远远不够的。笔者建议可适当借鉴“梅根法案”的有益经验，并结合中国保护妇女儿童免遭性侵害工作的实际，为进一步完善有关防范、保护机制提供制度支持。

建立性侵犯档案制度。可以结合司法实践，建立性侵犯电子档案，实行全国联网，供有关单位和个人根据需要查询，这种查询制度的管理模式，可以借鉴在我国检察系统已经普遍建立的行贿犯罪档案查询系统的管理模式，需要凭借有关身份证件方可查询，防止电子档案过度公开化。

建立性侵犯定期报告制度。对于刑满释放的性犯罪分子，在就业、迁居时，应当定期向当地派出所报告，若在一定时间内，没有被举报性犯罪等的，可以免除报告制度，并撤销有关电子档案，避免性侵犯罪分子终身受辱。

建立性侵犯择业限制制度。对于刑满释放的性犯罪分子，根据其犯罪情节，改造表现等，在择业时，进行适当限制，尽量避免从事和妇女儿童等接触过多的职业，比如教师、医生等。通过强化择业限制制度，保护妇女儿童免受性侵害。

如何修改刑法中贿赂犯罪的有关条款

党的十八届四中全会通过的《中共中央关于全面推进依法治国若干重大问题的决定》，从建设中国特色社会主义法治体系和法治国家的总目标出发，提出“完善惩治贪污贿赂犯罪法律制度，把贿赂犯罪对象由财物扩大为财物和其他财产性利益”。为进一步加强重点领域立法，增强法律法规的及时性、系统性、针对性和有效性，根据当前刑事司法实践和刑法规范的现状，迫切需要加快修改刑法中贿赂犯罪的有关条款，完善惩治和预防腐败体系，形成不敢腐、不能腐、不想腐的有效机制，坚决遏制和预防腐败现象。

一、修改贿赂犯罪有关条款的必要性

1. 符合贿赂犯罪的本质。把贿赂犯罪对象由财物扩大为财物和其他财产性利益符合贿赂犯罪的本质。贿赂犯罪的本质在于受贿者与行贿者双方之间权与利的交换，刑法处罚贿赂犯罪，目的是为了维护国家或单位公职人员职务活动的廉洁性，从而使权力不受玷污并且能够始终得到正确运用。法律规定“贿赂”所应重视的在于其可获利这一本质，而不在于对象上是财物还是其他财产性利益。换言之，无论贿赂的对象是财物还是其他财产性利益，无论财产性利益的外部表现是什么，是否可以用金钱计算数额，只要是能够被用来收买、换取公权力的资本，它就具备了贿赂的性质。如果只对以财物收买权力的行为进行禁止，而对以财物之外的财产性利益贿赂公职人员的行为网开一面，则不利于同贿赂这一严重的具有社会危害性的行为作斗争，也不利于预防和遏制腐败现象。

2. 适应当前打击贿赂犯罪的现实需要。随着经济社会的不断发展，贿赂的手法也呈现出不断翻新的趋势。已经由之前单一的钱权交易模式，演变成隐蔽性极强的贿赂手法。一些人甚至特意为规避现行法律，而采取使用货币、物品之外的方式进行贿赂，有的提供房屋装修、住房权、车辆使用权、含有金额的会员卡等；有的通过虚设债权、减免债务等方式增加对方的财产价值等；有的通过无偿劳务、免费旅游等财物以外的财产性利益进行贿赂，权钱交易发展到权利交易、权色交易等多种模式。现实中以财产性利益贿赂国家工作人员的现象广泛存在，其危害性与财物贿赂并无本质区别，有的甚至有过之而无不及，而司法机关拘泥于贿赂仅限于“财物”的规定，难以达到对贿赂犯罪进行全面、有效打击的目的。把贿赂犯罪对象由财物扩大为财物和其他财产性利益适应了当前打击贿赂犯罪的现实需要。

3. 现行法律规范已经滞后。现行的有关法律规范已经滞后于当前的司法实践。2008 年 11 月出台的《最高人民法院、最高人民检察院关于办理商业贿赂刑事案件适用法律若干问题的意见》第 7 条规定：“商业贿赂中的财物，既包括金钱和实物，也包括可以用金钱计算数额的财产性利益，如提供房屋装修、含有金额的会员卡、代币卡(券)、旅游费用等。具体数额以实际支付的资费为准。”然而，近年来，贿赂犯罪的方式不仅表现在收受财物和可以用金钱计算数额的财产性利益，还表现出以晋职、招工、迁移户口、提供女色等不能以金钱计算数额的财产性利益进行贿赂。此类案件频繁发生，已经成为影响国家或单位公职人员职务行为廉洁性的重要因素。对这些案件，如果仅以财物和可以用数额计算的财产性利益作为贿赂的对象，难以做到全面打击。再者，仅仅看贿赂的数额，也不能全面反映贿赂犯罪对整个社会的危害。

4. 域外通行的做法。纵观域外立法，无论是大陆法系还是英美法系，都不把贿赂的对象局限于“财物”，我国香港特别行政区的《防止贿赂条例》中作为贿赂的“利益”解释为包括各种各样的好处，远不止于财物。我国政府签署的《联合国反腐败公约》和《联合国打击跨国有组织犯罪公约》，对于贿赂犯罪中“贿赂”的规定，也没有局限于财物之内，相反，规定为一切“不正当利益”，其中包括财物、财产性利益和其他不正当利益。我国在 1997 年修订刑法时，对贿赂是否不应该限于财物，而是还包括财产性利益，有过讨论，有不少人主张在刑法中明确规定包括财物和财产性利益，但是，这种意见最终未能被现行刑法所采纳。经济社会经过十几年的不断发展变化发展，为更好地适应当前和今后打击贿赂犯罪的需要，尽快修改刑法中贿赂犯罪有关条款，已是亟待之举。

二、修改的方式

刑法中有关贿赂犯罪涉及的条款包括九个罪名：(1)非国家工作人员受贿罪(《刑法》163 条)；(2)对非国家工作人员行贿罪(《刑法》164 条)；(3)受贿罪(《刑法》385 条)；(4)单位受贿罪(《刑法》387 条)；(5)利用影响力受贿罪(《刑法》388 条之一)(6)行贿罪(《刑法》389 条)；(7)对单位行贿罪(《刑法》391 条)；(8)介绍贿赂罪(《刑法》392 条)；(9)单位行贿罪(《刑法》393 条)。建议可如下修改：

1. 将上述八个罪名涉及的条款中的贿赂对象由"财物"改成"贿赂"。除介绍贿赂罪即刑法 392 条直接采用了"贿赂"的用语外，上述八个罪名涉及条款中的贿赂对象都使用了"财物"一词，由于"财物"的特定含义明确，为了保持刑法规范的稳定性和延续性，可以统一改成"贿赂"，刑法 392 条的表述为"向国家工作人员介绍贿赂"，直接把"贿赂"作为对象的表述方式，就可以作为借鉴。虽然在《汉代汉语词典》中，"贿赂"一般指用财物收买或者是用来收买的财物，但是随着经济社会的不断发展变化，"贿赂"的含义也随着变化，具有多重含义，能够涵盖"财物"和"财产性利益"，其中财产性利益既可以是能用金钱计算数额的财产性利益，也可以是不能用金钱计算数额的财产性利益。对于能够用金钱计算数额的财产性利益，有关的司法解释明确规定以实际支付为准，对于不能用金钱计算数额的财产性利益，则可以通过出台有关司法解释，进一步加强指引，如以"情节严重"或者"情节特别严重"为参照，以提升适用的可行性。

2. 将有关条款中的"收受"改成"接受"。刑法 163 条、385 条、387 条、388 条四个条款中，在关于非国家工作人员受贿罪、单位受贿罪、利用影响力受贿罪的相关规定中，对受贿的方式都使用了“收受”一词，“收受”主要体现在收受有形物，对于无形物则难以体现，而“不能用金钱计算数额的财产性利益”则主要体现在无形物，而“接受”能够较好地涵盖上述对象，比如接受晋职、迁移户口等。

3. 将有关条款中的“给予”改成“提供”。刑法 163 条、389 条、391 条、393 条四个条款，在关于对非国家工作人员行贿罪、行贿罪、对单位行贿罪、单位行贿罪的相关规定中，对行贿的方式都使用了“给予”一词，和“收受”的含义一样，“给予”主要体现在给予有形物，对于无形物则难以体现，而“不能用金钱计算数额的财产性利益”则主要体现在无形物，而“提供”能够较好地涵盖上述对象，比如提供工作机会、女色服务等。

司法行政事务管理权与检察权相分离的几点思考

党的十八届四中全会通过的《中共中央关于全面推进依法治国若干重大问题的决定》，提出要“改革司法机关人财物管理机制，探索实行法院、检察院司法行政事务管理权和审判权、检察权相分离。”检察院的司法行政事务管理权是中国特色社会主义司法制度的重要组成部分，是检察权依法独立公正行使的重要保障。改革中，要坚持从我国基本国情出发，同全面推进依法治国相适应，以“借鉴国外法治有益经验，但绝不照搬外国法治理念和模式”为要求，逐步探索司法行政管理权与检察权相分离的中国模式。

检察院的司法行政管理权，大致包括：一是对人的管理，如对检察官，行政人员自身以及辅助人员等的考察、推荐、考评、晋升、培训、福利、保护、惩戒等；二是对财、物、后勤的管理，如检察院经费预算和执行、检察大楼建设与设计、办公自动化、工作场所维修、安全保卫、案卷管理、图书资料、食堂等；三是众多外部协调事务，如检察院内部召开的各种会议，检察院与法院、公安等外部门的联席会和协调会，上下级检察院之间的各种调研工作的组织、协调等；四是与检察业务直接相关的各类事务，包括案件统一管理、检察工作调研、检察刊物编辑与发行等。

可以说，检察行政事务包罗万象，工作内容涵盖面广，不仅对检察业务工作影响度深，而且直接关系到每一个检察工作人员的切身利益，影响到每一项检察业务工作的正常开展。检察行政管理工作是检察工作的重要组成部分，是不可或缺、关系重大的一项工作。

国外的司法机关包括检察机关都存在大量的行政管理工作，都有对应的机构进行管理，就其管理模式而言，大致分为三种：一是专门机关管理模式，这种管理模式是把司法行政事务管理权交由司法机关之外的专门机关进行管理。比如英国，在2003年6月之前，其法院的司法行政事务由法律大臣办公室负责，后改由新成立的宪政事务部负责，还准备成立独立的法官任命委员会负责法官的选拔工作；二是由司法行政部门主导的模式。比如加拿大、法国、德国等就是由司法部主导的司法委员会管理。三是国会或者议会领导下的管理模式。比如美国成立联邦司法委员会，作为法院行政事务管理的决策机构，并向国会负责，国会还成立了联邦法院行政事务管理局，作为联邦司法委员会的秘书机构，管理局局长由首席大法官在征求司法会议的意见后任命。

应该说，多数国家的司法机关对司法行政事务都进行了适当分离，实现了司法行政与司法业务的分离，分离的方式包括外部分离和内部分离，但都不是绝对分离，多数司法行政事务都是由司法工作的相关机构管理，包括议会管理、司法行政部门管理或者司法部门自己独立的机构管理等。

全面认识检察权及其运行规律，妥善选择我国司法行政事务管理的模式，是把司法行政事务管理好的前提。

第一，司法权有其自身的特点和规律，要求中立、独立，司法官要尽量地与外界少接触，才能少受外界干扰，公正裁判的概率才可能高，而司法行政工作是一种管理工作，可以实行上下垂直管理，不要求中立，而且为了求得处理行政事务的快捷和高效，必然要求在运行方式上采取行政上的上下领导关系。

第二，我国遵循的是检察一体原则，检察官服从检察长，下级检察院服从上级检察院，检察官作出的决定是代表检察院作出的。尤其是在职务犯罪侦查工作中，上下级检察院之间畅通、灵活的领导关系更是侦查工作顺利、高效开展的基本保障。这些检察业务工作的维系和保障，都需要上下级检察官在检察行政事务管理工作上的领导关系作保证，才能使得业务工作稳定、高效、统一。

第三，在我国检察院内部，普遍设立了人事、培训、技术、后勤、装备、财物等部门，机构间设置重叠、交叉的现象普遍存在。

有些检察院虽小，却要求“五脏俱全”，影响了检察业务的深入开展，而且行政管理与业务管理不分，导致一些业务骨干为了谋求职位上的晋升，宁愿选择到行政部门工作。也存在人员间过渡交叉而形成错综复杂的关系网而影响公正的现象。

为此，结合我国检察现有工作的实际和全面推进依法治国的部署，从实际出发，推动司法机关人财物管理机制改革，实现法院、检察院司法行政事务管理权和审判权、检察权相分离，思考如下：

第一，可以实现“两个分离”。根据司法体制改革试点工作的部署，检察院实行人员分类管理和省以下人财物统一管理，应该说大方向确定了“两个分离”。就单个检察院而言，实现检察行政事务管理权和检察权的内部分离，并通过人员的工资待遇、职务晋升、责任担当、工作内容等差别化管理，实现管理事项的差别化，改变以往检察院内部从事检察行政管理事务与检察业务工作的人不加区分的状况。就全省检察机关而言，省以下人财物统一管理，从长远看，必然消除人财物供给不均的现象，让检察长从“要钱要物要编制”中解放出来，实现检察系统去“地方化”、去“行政化”，达到人财物上与地方相分离的目的，实现检察人员在全省范围内流动。

第二，应当实现“两个加强”。要进一步加强省级检察院对下级院的人事和财物的管理工作，作为保障检察权独立公正行使的基础，人事和财务工作不仅关系到每一位检察工作人员的切身利益，而且关系到检察权能否充分有效发挥其应有的作用。省级检察院具备了解下级检察院的优势，可以通过地方各级检察院在省财政厅设立一级账户、独立编报预算、大要案办案经费和特殊经费须报省院审查等制度安排进一步强化财务管理，在人事安排上，检察长和检察官的人选由遴选委员会和省级检察院把关，让德才兼备、真正懂得检察工作的干部脱颖而出，达到强化人事管理的目的。

第三，加大政府购买公共服务的力度。推行政府向社会购买公共服务是实现全面深化改革的重要举措，对于一些当前和以后可以实现政府购买的行政事务管理工作，比如检察院的后勤、交通、教育培训、检察业务研究、办公自动化、工作场所维修、安全保卫、检察刊物编辑与发行等都可以通过政府购买服务的方式实现，无需在检察院内部设置专门的机构从事管理工作，以此使得检察院可以把真正的精力集中于执法办案中。同时对这些政府购买的服务，也要通过推行行政事务的决策权和管理权相分离，实现决策权的外部化、社会化等方式，加强行政事务管理的标准化、系统化和透明化，真正达到保障检察权顺利运行的目的。

什么是重大疑难复杂案件

在刑法、刑诉法以及最高检制定的很多解释、规则、细则之中，多有对重大、疑难、复杂案件的表述，对重大、疑难、复杂案件的办理，多规定了一些较为复杂、严谨的办案程序，以此来保障此类案件的效果。然而关于什么是重大、疑难、复杂案件，似乎没有一个定论，也难以有一个定论。

“重大”一般是指大而重要的意思。通过归类总结，发现很多地方检法两院关于重大案件的规定，一般是包括组织、领导、参加黑社会性质类犯罪，恐怖、重大毒品案件、危害国家安全、重大职务犯罪、国家专项治理的案件等；疑难一般是指疑惑难解的意思。这类案件多为金融犯罪或者一些证据很复杂、涉及专业性问题过多的案件。或许是因为定义疑难的人是公检法的人员，居于自身对金融、会计等专业知识的欠缺，所以这类案件多在列。复杂一般是指多而杂乱。这类案件可能不从罪名上定义，而是结合某个案件自身的特点，比如涉案者身份敏感、媒体炒作、案情诡异、证据繁琐、新型罪名等，所以一般没有明确的归类。

细致梳理一下各地关于重大、疑难、复杂案件的归类，发现多具有以下特点，比如：(1)由中级以上(含中级)人民法院管辖的一审案件；(2)符合法院、检察院、公安、司法行政等机关重大、疑难、复杂案件标准的案件；(3)引起社会普遍关注、具有较大社会影响的案件；(4)新类型案件；(5)涉外或涉港、澳、台的案件；(6)办案机关决定需要其他专业人士参与的案件，但由一般翻译与鉴定人员参与的简易案件除外；(7)案情复杂、涉及3个以上法律关系的案件；(8)异地办理(即在律师事务所所在地级市行政区划以外办理)的非明显简易的案件；(9)其他由律师事务所与委托人协商一致，经委托人认可的作为重大、疑难、复杂的案件。

对重大、疑难、复杂案件进行细致厘清，非常有必要。特别是随着新一轮司法体制改革的到来，推行主任检察官办案责任制，案件的定性决定了承办人在一个案件上自由裁量权的大小和案件办理的深度、广度等。要是一个本不属于重大疑难复杂的案件，给了一个经验丰富的人办理，有点杀鸡用牛刀的意思，大材小用了，当然对于具体案件和案件背后的正义来说一点不亏，但是在人力资源上的浪费，则必然从宏观上影响编排正义的能力。再者，要是让真正重大、疑难、复杂的案件给经验不足者办理，则会让经验不足的司法者承载难以承受之重。

有时候，重大、疑难、复杂案件，也并不一定是看起来那么“磅礴”的案件，反而一些很小、很琐碎、被忽视的案子，才是真正的“重大、疑难、复杂”，特别是在罪与非罪边缘、道德与法律之间，法律定义模糊或者只是简单的规定了数额的案件，要是司法者没有对法律特别是法理、原则的精准把握，没有对整个案件更深层次的把脉，很难对案件作出准确的定性。尤其在现有一些不合理考核制度的“变态挤压”下，让本来可以得到人性温存的一些案件，变得那么的冷冰冰，而这种境遇带来的后果，可能会毁掉一个人的一生，一个家庭的一生，甚至有朝一日，它会毁掉别人的一生。这种小案子在现实中太多，这种“重大、疑难、复杂”的案件太多，而得到的关注度却不高，国家也缺少对这些案件的特别程序处理。很多人在办理一些案件时，有下不了手但是不得不下手的时候，其实面临的就是这些案件。

前段时间，在中央的统筹下，几个省市试点轻微案件速裁机制，我认为这是一个好的开头，不仅对这一类案件的办理具有现实的意义，对于解决案多人少也是非常有借鉴作用，特别是推行主任检察官、法官员额制后，法官、检察官的数量大量减少，而在目前案件只会增加不会减少的情况下，做好此类案件的“内功”，就显得相当有必要，因为真正呈上去需要法官、检察官办理的“重大、疑难、复杂”案件少了，当然会让这些案件的办理效果更好。这种机制的试行具有深远而重大的意义。

公诉人眼中的《全民目击》

一个法律人的工作是什么？综合而言，就是寻找证据、发现真相。

由于时间的不可逆性，一切的事实，都是过去的事实，都无法再现。法律工作者只能是通过证据尽可能地还原这个事实，形成一个法律事实。

侦查人员用法律规定的证据形式和种类，进行全面、细致侦查，如证人证言、鉴定意见、现场勘验检查笔录等固定形式。检察官认真审查核实后，有逻辑和层次地展现给法庭，说服合议庭，最终让被告人对所犯的罪行承担应有的刑责，认罪伏法。然而，无论侦查人员、检察官甚至律师怎么还原，法律事实和真相之间一定会有出入，存在天然的隔阂。甚至在看似确实、充分的证据下，法律人自身也被法律事实欺骗，真相可能永远被掩盖。

“何谓真相？你相信它是真相，它就是真相。”这是电影《全民目击》中林泰的扮演者孙红雷的一句台词。

这是一部由著名影星郭富城和孙红雷主演的，关于检察官的商业电影，主角是国家公诉人这一特殊的群体，以天津为城市背景，讲述国家公诉人在事实与法律事实间出现疑惑、出入时所做的大量工作。

从“女儿杀死了富豪父亲的明星女朋友”到“富豪下属因夺妻之恨，乘机借刀杀人”，从“富豪杀死明星女朋友并让女儿顶罪”，再到“富豪父亲为帮女儿逃脱刑责，伪造证据，上演‘龙背墙’”。展现在法庭和媒体间的法律事实，随着新证据的不断出现，扑朔迷离、一波三折。

郭富城主演的公诉人童涛，一开始十分确信凶手就是林萌萌，林萌萌因为愤恨杨丹，大庭广众之下，扬言要杀了对方，并在酒后约见杨丹，一气之下开车撞死了杨丹，并逃离现场，这就是公诉人一开始认定的法律事实。在法庭上，公诉人通过讯问被告人，申请证人、鉴定人员出庭作证，展示物证，特别是出示地下停车场的监控录像这一关键证据。从犯罪起因、着手实施犯罪、作案方式和手段、犯罪结果等方面，几乎锁定了被告人林萌萌的犯罪事实。这份法律事实似乎就是事实，而被告人似乎也无从辩解。

然而，戏剧性的一幕出现了，作为辩护人的周莉，意外地发现了林泰司机孙伟具有作案动机，因为他的妻子和林泰之间有不轨关系，孙伟作为一个男人，内心存在巨大的愤恨并意图报复，同时，杨丹一直对孙伟不尊重，也让孙伟不满。辩护人周莉运用法律人的逻辑和理性，结合案发现场的证据，分析出孙伟借刀杀人，他才是最后把杨丹头部撞向墙壁并碰上铁钉的人，孙伟才是真凶，并在交叉询问证人孙伟时“引蛇出洞”，舆论一片哗然。之后针对孙伟妻子进行的一系列调查，似乎也排除了合理怀疑。案件至此似乎可以中止了，因为“真凶”当庭认罪，孙伟是凶手铁证如山，谁会无缘无故承认自己是杀人凶手呢？这种承认的代价，可能是牺牲自己的生命。没有新的证据去推翻这么一个法律事实，这个法律事实总归是事实了吧？从大多数人的反应看得出来，这也符合大多数人的逻辑。

巧合的是，公诉人童涛和辩护人周莉几乎同时对孙伟可能被收买，继而作伪证产生了怀疑，并进行了一系列的调查，如孙伟已经患有癌症，是一个将死之人，即便坐牢也无所谓，孙伟和林泰之间私交深厚，可能因此得到一大笔巨款。但此时，他们依然认定真凶是林萌萌。

之后，出现的一份神秘监控录像彻底改变了案件的逻辑，监控录像显示，林泰出现在案发现场，凶手不是林萌萌而是林泰，林泰被杨丹激怒后，开车撞向了杨丹，并猛力地把杨丹的头撞向墙壁，直接导致杨丹头部碰到墙壁上的铁钉而死。加之，杨丹身上还有林泰的指纹、人体 DNA 等，似乎一切都印证无疑。至此，展现在法庭和媒体面前的法律事实是，一个奸商杀死自己的女朋友后，不惜让自己的女儿顶罪，而且买通下属作伪证，可谓可恶至极。案件调查至此，法律事实还原到此应该不存在什么疑点了吧。用林泰的话，“这是一个大伙都满意的结果。”

一部电影的优劣或者说这个故事讲得深刻与否，就在于当大伙都觉得合情合理的情况下，出现戏剧性或者诡秘的一幕，让大伙哗然。公诉人或者辩护人的法律技能是否出众，难道不一样吗？当大多数人都觉得合情合理、有理有据的时候，能够发现蛛丝马迹，继而打破“既定的事实”，还原大众一个真实的案情，将真凶绳之以法。

公诉人童涛凭借自己对林泰的了解，觉得以林泰的性格和品行，怎么也会奋力一搏，死不认罪，而法庭上的林泰似乎淡定自若、一切正合心意。辩护人周莉再次查看两份监控录像时，发现了在同一个时间点，孙伟步伐的差异，一份显示孙伟左脚抬起，一份显示孙伟右脚抬起，产生了监控录像可能是伪造的怀疑。之后，进行了一系列的调查，最终事实是，林泰为了救女儿，花费巨资在老家伪造了一个一模一样的犯罪现场，并请来了替身，拍摄了两份伪造的监控录像，一份把凶手指向司机孙伟，可以打消大多数人的疑虑，一份把凶手指向自己，林泰熟知童涛的个性，只有这样或许能打消童涛的怀疑。之后，通过一种诡异的方式传递给辩护人。利用辩护人的逻辑，公诉人的盘问，借助这样一份绝大多数人都可能认可的“法律事实”，成全了自己对女儿的“救赎”之心，演绎了一个“龙背墙”的故事。

著名法学家博登海默在《法理学：法律哲学与法律方法》中说：“正义具有着一张普罗透斯似的脸，变化无常，随时可呈现不同形状，并且具有极不相同的面貌。”还原事实，不正如绘制这张普罗透斯的脸吗？法律人制作的一份份证据，就好比脸上的一个个器官，要把每个器官尽可能回归本来面目，而且摆放在脸上的位置、角度也尽可能准确如初，否则，稍有错误哪怕摆放的角度稍有偏差，这张脸给人的感观也就不一样。不一样的脸，能是同一个人吗？

总体而言，《全民目击》这部电影讲述了一个不错的法律故事。

也正面展示了公诉人、辩护人的形象，成功塑造了父亲、职员、女儿的人物形象，有效地结合了网络舆情和法院审判等司法实践中的现实景象。

由于电影是包裹着职业法律人的外衣展示于观众的。作为一个公诉人，如果细致观察，会发现电影中展示的很多内容和现实还是不一致的。比如：公诉人童涛对林泰涉嫌商业欺诈进行了十五年的调查，而这个罪名，即便是类似罪名，都不属于检察院立案侦查范围，检察院只对贪污贿赂犯罪、渎职罪立案侦查，这属于公安机关经侦部门的工作范围；对于出现的新证据，比如新出现的车库监控录像，公诉人首先要解决的是证据来源问题，要是没有清晰来源，不具备证据能力，当然无法作为证据展示给法庭；辩护人有新证据向法庭出示时，有必要提前向法庭提交，否则辩护人有搞“证据突袭”之嫌，公诉人只能申请休庭；交叉询问时，既定的做法是，公诉人和辩护人一般都不走下席位，当然，刑事诉讼法和人民检察院刑事诉讼规则也没有规定不能走下席位进行交叉询问，我倒是赞同公诉人和辩护人走下席位进行交叉询问，这样或许有利于发挥，也符合国际通行做法。作为国家公诉人，一般是不留小胡子的，虽然郭富城饰演的童涛挺酷、挺帅，也有一股公诉人的正义之气，但是留小胡子显得不整洁大方，等等。

很多人不了解检察官是干什么的，更不了解国家公诉人的职责。或许，随着《全民目击》这部电影的热映，能够让大家更好地了解检察官，关注检察官。

影片《亲爱的》呈现的情理法碰撞

陈可辛导演的影片《亲爱的》近期全国热映，趁着国庆假期，我也欣赏了这部影片。

这是一部根据真实故事改编的影片，讲述一个来自陕西的儿童田鹏，由于父母的照看疏忽，被人贩子从深圳拐卖到安徽农村，之后他已经离婚的父母田文军、鲁晓娟，历经几载岁月，付出艰辛、渡尽劫波，再把孩子找回的故事。这段感人的情节，仅仅是故事的引子。真正扣人心弦、激荡心灵的是故事中伴随着各种味道的情感纠结，比如：被拐孩子的父母那撕心裂肺的痛苦、寻子团队的自我疗伤等，特别是围绕着人贩子老婆李红琴在其中的情感矛盾，在影片中被刻画得淋漓尽致。看完之后，心情难免有些沉重、压抑，在沉重、压抑之余，也由衷佩服导演"讲故事"的本事。

在这部影片中，出现了公安、律师、法官，唯独没有检察官，当然，检察官也是有可能出镜的，比如控诉李红琴妨害公务罪时，这个必须由检察官提起公诉，但是这个情节不重要，所以被忽略。由于职业法律人不时在这部影片中出现，并且几乎都充当着故事的调味剂。无论导演想通过这些职业法律人的角色，想在影片里传递一种什么样的理念，作为一个法律人，就故事中的情理法碰撞，谈一点看法。

执法，最难面对、最难处理的就是情理法的碰撞，什么是情理法的碰撞呢？举个例子，比如，围绕收养鹏鹏的妹妹，也就是那个据说是"捡来的女孩"，进行了一场诉讼。通过影片的铺垫，可以看得出来，李红琴作为一个"母亲"，对这个孩子的爱是难以言表的，为了看一眼这个孩子，不惜千里迢迢来到深圳，被孤儿院拒绝探望之后，她冒着生命危险爬上路灯，透过窗户看孩子，后来为了证明孩子是捡来的，更不惜以身体作为代价，换取证人作证，这种母爱，就是一种“情”，可以说，看完影片的人，没有不为这个母亲的言行举止而感动，但是能否因为这种炙热的母爱之“情”，因为感动就让她收养小女孩呢？

这还涉及一个“理”，就像孤儿院院长说的那样，人家亲生父母好不容易把孩子找到了，而你作为一个人贩子的老婆，怎么能再让你带回去呢？怎么向社会交代？再者毕竟围绕这个孩子到底是“捡来的”还是“拐来的”，还没查清，再被带回去当然没有任何的“理”可言。有时候，“情”本来就是一种“理”，但是这是一种夹杂着非理智因素的“理”，如果夹杂着过多，这种“情”就是一种“无理”，不排除无理取闹，而“法”是一种理性的“理”，这种理性是代表大多数人的理性并且经过立法专家技术完善而呈现出的“理”，所以这种“理”，难免显得“太理性”，换言之，有时候显得“不近人情”。

“法”在这个故事中的火花，每次点燃时，似乎都显得不近人情。鲁晓娟为了儿子鹏鹏的健康成长，可谓存有一点“私心”，才收养小女孩，为了收养小女孩，不惜和深爱的丈夫离婚，而正是这样一种“扭曲的爱”，反而彰显出母爱的崇高和难得。可是，按照《收养法》的规定，必须是夫妻双方共同收养才行，对于正在离婚中的一方，是不符合收养条件的。看过电影的人，可能都会觉得，让鲁晓娟收养多好，不仅让两个小孩子在一起快乐成长，也让一个母亲心情轻松、快乐，而且鲁晓娟确实比李红琴有能力抚养这个孩子，为什么法律那么刻板？加之那个忙碌、疲惫的大龄法官在影片中显得“不够负责”，更让观众觉得“法”和执法者都不够圆融。

面对这种情形孰是孰非？遵从“情”，遵从“理”，还是遵从“法”？

影片直到结束，也没有直接回答这个问题，但是现实中答案是明确的。因为这是一个法治国家，法律有着至高无上的权威，虽然有时候显得刻板，但绝对是不容践踏的，哪怕其中夹杂着深厚的“情”和“理”的纠结，也不能因此而“法外开恩”，这就是法治，因为这是一种刚性的、永久的规则之治，是符合大多数人的利益诉求的。

在整个故事中，涉及情理法碰撞的点还很多。我想，任何一部在“讲故事”上成功的影片，都少不了在“情理法”碰撞上下一番功夫，因为这种碰撞在不断地丈量着我们每个人心中的道德半径！丈量得越深远，内心的道德底线被拷问得就越多，影片的效果就更佳。

无论如何，这算是一部不错的影片，或许那些拐卖儿童的人贩子看到了之后，也会反思一下自己的行为，收回罪恶之手，“没有买卖，就没有伤害”。

重温《越狱》

《越狱》是一部著名的美剧，讲述了一个关于救赎的故事，其剧情悬疑惊悚，故事跌宕起伏，场面劲爆急促，曾经伴随我们度过了学生时代的无数个日夜。最近半个月，利用周末和晚上的时间，重温了该剧，并且一蹴而就，从第一季看到第四季，酣畅淋漓地饱尝了 80 集大餐。

学生时代看剧，追求的大多是剧情的味觉，够味就可。当从事检察工作数年之后，再次重温，总有些不同的体会。或许，在剧情的交错味觉下，会不自觉地拷问内心，也更容易引发对剧中价值观的一些思索，诸如在这个世界上到底什么是正义？正义能不能以暴制暴？如何对待犯罪分子的权益？等等。

什么是正义？该剧一共 80 集，从第 1 分钟到倒数第 10 分钟，虽然一次又一次看到正义似乎来了，正义似乎要实现了，然而结果是，根本是看不到正义，有的只是被嫁祸的精心策划的谋杀案，然后一个又一个无辜的人被陷入无止境的迫害、谋杀。试图通过公权力的救济，一次又一次被公权力出卖，在偌大的美利坚共和国，似乎没有公权力值得信任。即便是自我救赎也无时不刻地被曾经信任的与不信任的人出卖，而这种出卖的迅速，并没有因为心灵上的内疚、犹豫、悔恨而迟缓一些，一切的一切，只剩下正义一次又一次被邪恶、暴力、谎言、利益、虚伪、威胁等击碎，你怒火中烧，又无能为力。

正义能不能以暴制暴？当社会发展到今天这个程度，当文明成为社会和每个人生活中的基因，几乎从小就根植于每个人的体内，我们当然明白“文明”才是获取正义的方式，哪怕是天大的冤屈，也不能以暴制暴，即便正义迟到了，我们相信正义终究还会到来，就像“人在做，天在看”这句充满了报应轮回理念的话，它诡异应验总让人觉得不可思议。然而，迈克站在自己及其兄弟的维度，抱着对兄弟的生命无比留念和对邪恶坚持势不两立的决心，迈克选择了“以暴制暴”，选择了“进入监狱—策划越狱—流亡国外”的道路。在整个剧中，虽然他一直保持对邪恶的克制、忍让，坚持控制邪恶后，让公权力去做最后的处理，却总是在那么一瞬间，邪恶又奇迹般地获得重生，自己还得一次又一次地面对。

如何对待犯罪分子的权益？其实后面出现的一些问题都可能是因为没有妥善对待犯罪分子的权益而引发的，要是警方、FBI 等更好地倾听嫌疑人布鲁斯的辩解，进一步夯实案中有关证据，查找其中的每一个疑点，或者采取温婉一些的方式惩治暴力，也许后面的故事不会发生。邪恶只是隐蔽在这个社会中某些角落，即便在剧中似乎“满城、满世界、无时不刻、无孔不入”的邪恶，但是和整个社会面相比，还只是那么微不足道的一点点。公权力对待“邪恶”时，还是要保持克制，面对“邪恶”时，眼睛里最好看到的是“人”，以“人”的基本面去听他的言行、看他的行为、想他的举止，而不能只看到“魔鬼”，以“魔鬼”的心理去猜测他们的行径和遐想他们的狡猾。否则，你会轻易的觉得一切那么合乎情理、顺其自然，公权力的手，可能被动地成为“邪恶”的推手和执行者。

虽然过了快十年，科技在日新月异的发展，我们的手机早已经是智能的了，而不是剧中那种小蓝屏。不过剧中呈现出来的其他科技手段，绝对让人惊讶，要是我们用于反制暴力的侦查手段能达到这么一个程度，或许很多正义会来的快一些，当然或许这些手段早已经在使用，只是因为“正义的另一面可能是邪恶”，为了慎重起见，才让极少一部分掌握而已。

越狱是由一个冤假案件引发的。当前，一些当年看着证据确凿的案件，如今也出现了“亡者归来”的尴尬，也不得不让我们深思一下当前这些案件和以后经手的案件背后，到底还有多少东西是我们所不知道的，我们有没有被人为制造的假象而蒙蔽？虽然真相和法律事实之间永远有一道难以逾越的鸿沟，但是要让鸿沟窄一点，让人的跨越成功一些，还是可以通过人的努力实现的。只要付出时间和精力，付出科技和真心，一切总会更好！

当然，《越狱》中无论刻画了多少令人难忘，引人深思的场面和故事，它终归只是一部电视剧，源于生活但是绝不是生活，从生活中来，从电视机中去，最终带来的只是愉悦生活，仅此而已！

“挂牌督办”应如何办

最高人民检察院日前对陕西“房姐”龚某假户口事件挂牌督办，并下发通知要求北京、山西、陕西检察机关立即介入调查，依法查处假户口背后可能存在的失职、渎职犯罪。此前最高检已对郑州“房妹”事件挂牌督办。

“挂牌督办”指的是上级政府和行政主管部门通过社会公示等办法，督促限期完成对重点案件的查处和整改任务。挂牌督办的案件如果到时间不能够办理好，督办案件是要问责的。挂牌督办的目的是想方设法提高对案件的重视程度，其根本目的还是要解决问题、办成事情。挂牌督办的案件一般都是在一定的区域内有重大影响的案件，不乏举国关注的案件。近段时间，最高检除了对陕西“房姐”和郑州“房妹”事件督办外，还对山西苯胺泄露、兰考失火案四起事故进行督办，之前督办的案件包括7·23温甬动车事故、湖南职称评委收钱案、河北假胶囊案件、江西工业明胶监管渎职案等。

诚如最高检渎检厅相关负责人表示，2012年12月曝光的郑州“房妹”事件和2013年初曝光的陕西“房姐”事件具有很强的相似性，事件本身关系人民群众住房问题，舆论反映十分强烈，最高人民检察院对此类事件高度关注，要求对事件背后公职人员失职、渎职犯罪，有关检察机关必须依法严肃查处，及时回应广大人民群众的关切。

但凡人民群众高度关注、舆论反映强烈、危害后果十分严重、社会影响恶劣、涉及范围较广的事件背后，都可能存在公职人员失职、渎职犯罪。近年来，这类事件发生后，都能见到最高人民检察院及时挂牌督办事件背后可能存在的渎职、失职犯罪的身影，应该说国家最高法律监督机关及时介入相关事件，进行挂牌督办，不仅在第一时间回应了人民群众对事件的关切，表明了严厉打击职务犯罪的立场，促进了对相关事件的及时调查、取证、整改和落实，进一步强化了检察机关在打击公职人员失职、渎职犯罪的决心，提高了检察机关的执法公信力，也更好地维护了司法权威和国家法律制度的完整。

挂牌督办，顾名思义，在监督、督促之下，第一要义在于办。不仅要及时办、认真办、依法办、公正办、廉洁办，也要办得好、办得妥、办得让人民群众满意，办得让老百姓放心，经得起历史考验。只有相关机关对事件背后的可能存在的渎职、失职行为高质量办理，才不失最高法律监督机关的第一时间挂牌督办的良苦用心。督办案件影响深远、破坏性强、人民群众关注度高，如果一个挂牌督办的案件，不能够从速度、质量、效果等方面及时、妥善、公正地办理，即便最后办好了、解决了，也达不到举一反三、立竿见影的效果，督办只能流于一般办，普通办。

挂牌督办，既然“挂牌”，就得“亮剑”。向社会公示相关机关挂牌督办后，就得及时向社会公布督办的结果。及时通过新闻发布会、重要报刊、门户网站等渠道，公布相关事件查处的进程、进度、进展，相关公权力部门人员是否已经失职、渎职，涉及的罪名，涉及的失职、渎职人员的名单及处罚措施等。要是“虎头蛇尾”，“雷声大、雨点小”，那么督办的效果自然不明显，自然不能够提高司法权威和公信力，甚至会被群众认为挂牌督办不过是表表态度、做做样子。

挂牌督办，不仅要办出法律效果，还得办出社会效果和政治效果。争取每挂牌督办一起相关事件，不仅都能够严厉打击相关事件后面的渎职失职行为，让侵犯人民权益的行为像过街老鼠，人人喊打；还能办出社会效果，使得心存侥幸者，不敢失职、渎职，不能失职、渎职，不愿失职、渎职，有效地预防相关类似案件的再次发生。还得强化相关督办案件的政治效果，维护经济社会发展的良好大局，坚决做好社会主义事业的建设者和捍卫者。

徘徊在情理法边缘

办案多了，总有这么一种感觉，大案子不难办，难办的反而是一些小案子，尤其是那种徘徊在情理法边缘的小案子，要移送法院，以最严格的犯罪行为起诉，总得思量许久，一纸判决下来，心中不无沉重。

小豆和小兵都二十出头，本来是一对情侣，两个人谈了三个月，期间多次外出开房。恋爱期间，小兵向小豆借了5000元钱，后来两人分手了，小豆要求小兵还钱，小兵一直拖着不还。小豆颇为气恼，某日，小豆来到小兵经营的电脑店中，再次要求小兵还钱，小兵就是不还，还当着小豆妈妈的面说了句“你以为我愿意和你开房啊，每次都是你主动拉着我去的。”小豆一听小兵当着自己妈妈的面，把这事情说出来，顿时觉得脸上挂不住，一气之下，把小兵放在店中的两台电脑给推倒了，造成电脑损坏。小兵一看这情形，立即报警了，后经鉴定，两台电脑的损失共计人民币5200多元。

按照《中华人民共和国刑法》第275条之规定，故意毁坏公私财物，数额较大或者有其他严重情节的，处3年以下有期徒刑、拘役或者罚金。其中数额较大的标准是5000元。也就是说，小豆这一气之下的哔哔三秒钟所造成的危害行为，足以让她构成故意毁坏财物罪。

很多人可能会觉得小豆挺悲催的，甚至不无冤屈，这就构成犯罪了？社会上那么多恶劣、可恶的行为未必构成犯罪，一些公务员大吃大喝，筷子没动几下，一顿饭就消费了好几万元钱。为啥这种哔哔三秒钟的泄愤行为就构成犯罪了呢？谁叫小兵那么可恶呢！欠钱不还，还出口不逊，就是把他的店砸了也应该！

按照罪刑法定的原则和刑法分则的明文规定，小豆的行为构成故意毁坏财物罪应该没什么问题，虽然法院最后判决的时候，也会充分考虑上述情节，未必给小豆判个实刑，但是小豆因这些行为，触犯了刑法，被定了罪，背个前科的包袱是在所难免了。

大学中，最受欢迎的同学，不乏那种能够发挥特长、夜以继日、不辞辛苦、广下“毛片”还慷慨予以复制分享给好友的人。这是大学中普遍存在的现象，不必赘言，大家各行其道，自然为之，没觉得不妥。然而这种行为一旦被引发出来，就另当别论了。

小李开了个电脑维修店，平时帮人做点维修电脑的活，闲暇之余，下载了不少“毛片”，平时对那些来修理电脑又愿意弄点片的人，总是会收个五元、十元后，拷贝二三十个“毛片”给对方，算是挣点外快。某次，小李收了五元钱，给人复制了二十五个“毛片”，后被人举报，公安机关以传播淫秽物品罪立案侦查，最后以传播淫秽物品牟利罪移送到检察院。

看到这个案子的时候，单位一个刑法专业毕业的研究生哑然了，这就构成犯罪了啊！那不是要把大学里的男生抓掉一大半了，甚至女生也要抓一批。不论惊讶与否，这确实构成犯罪。按照《中华人民共和国刑法》第 363 条的规定，以牟利为目的，制作、复制、出版、贩卖、传播淫秽物品的，处 3 年以下有期徒刑、拘役或者管制，并处罚金；情节严重的，处 3 年以上 10 年以下有期徒刑，并处罚金；情节特别严重的，处 10 年以上有期徒刑或者无期徒刑，并处罚金或者没收财产。按照相关的司法解释，对于以牟利为目的，制作、复制、出版、贩卖、传播淫秽视频二十个以上，就构成了此罪。小李收了五元钱，给别人复制了二十五个淫秽视频，这种行为构成复制淫秽物品牟利罪是毋庸置疑的。

或许有人又会提出异议了，一个主动提出想看，一个顺便拷贝，收点手续费，成人之美，也没什么吧。然而国家出于对社会管理秩序的保护，特别是对淫秽物品的打击，对这类行为进行处罚，甚至入罪，也没什么不对，法律明确规定，自然要处罚，别看大学校园里这种复制视频的行为普遍，一旦被刑事立案了，谁也逃不了，要抓一大批不是不可以。

十年树木，百年树人。老李头十年前在自家的小山坡上种了一批杨树，如今，这批杨树终于长大了，枝繁叶茂，好一片树木。最近，老李头急着用钱，于是把这批树木砍了，卖了三万元钱。后来被人举报了，经林业局测算，老李头滥伐林木合林木蓄积量 32 立方米，老李头被立案侦查，涉嫌滥伐林木罪。

按照《中华人民共和国刑法》第 345 条的规定，违反森林法的规定，滥伐森林或者其他林木，数量较大的，处 3 年以下有期徒刑、拘役或者管制，并处或者单处罚金，数量巨大的，处 3 年以上 7 年以下有期徒刑，并处罚金。根据相关司法解释的规定，未经林业局批准并核发采伐许可证，或者虽持有采伐许可证，但违背采伐证所规定的地点、数量、树种、方式而任意采伐本单位所有或管理的，以及本人自留山上的森林或者其他林木，数量较大的行为属破坏国家林业资源的一种犯罪行为，构成滥伐林木罪。数量较大是指，在林区，滥伐一般可掌握在 10 立方米至 20 立方米或幼树 500 至 1200 株。在非林区，滥伐一般可掌握在 5 立方米至 10 立方米，或幼树 250 至 600 株，或者相当于上述损失。

老李头砍伐的虽然是自己亲手种植并属于自己所有的树木，但是砍伐之前没有到林业局办理采伐证，而且砍伐的树木合森林蓄积量为 32 立方米，已经达到国家规定的数量较大的立案标准，依法构成滥伐林木罪，无可厚非。

除非专业种树谋生或者大林场的工作人员，一般情况下，大多数人是不知道砍伐林木还得先到林业局办理林木采伐许可证，尤其是在一种“树是属于自己的，自己当然有权处分”的思维支配下，很难想到办这种事情，上面还有另外一个“婆婆”。当然，国家出于对林木资源的有序保护，在所有人对自己的林木采伐前，设置这么一道门槛，也无可厚非。尤其是最近全国近百万平方公里的雾霾天气，很多人都有强烈的环保意识，觉得树木不能随便砍伐。然而，于老百姓而言，一想到自己辛苦种植的林木，眼看就要变成了钱，觉得合法合理，一旦去申请采伐证的话，还得按蓄积量交好大一部分钱给林业局，难免心生侥幸，进而以身试法，导致锒铛入狱。看到淳朴的连连认罪的农民，想着他们在自己种植的树木上犯了罪，心生百味，难免暗生疑愫，在所有权上规定这么一道审批权是否合理？

对于上述三个案例，相信一定有不少朋友觉得惊讶甚至不可思议，觉得犯罪的门槛也不高嘛，甚至有点低，一不小心就可能犯罪了，甚至有些人已经犯过那么一两回了！

《刑法》第13条规定，情节显著轻微，危害不大的，不认为是犯罪。然而对于这条规定，在实践中应该如何把握，没操作性强的规定，以至于这条规定，在实践中能发挥的威力和作用远远不够，诸如上述三个案例，是否可以适用特殊的规定，没有多少检察官敢作主张。

徘徊于情理法边缘，思量案件办理之策，体会人情世故，寻问正义之道，是我们太稚嫩、太情感、太杂念，未能体会国家刑法之精髓，刑事政策之深意，还是国家刑法的神经绷得太紧、太久，几十年来未能放松，以致执法办案之人于事实、于法律面前得思量许久？

从“门禁卡”制度看廉政公署内部监督

2012年7月，因工作原因，我带领一检察院的检察官赴香港调查取证，期间得到香港廉政公署的大力协助，调查取证之余，赴廉政公署参观，它的“门禁卡”制度给我留下了深刻的印象。

廉政公署总部大楼位于维多利亚港畔，是一座三十多层的现代化建筑。廉政公署由三个部门组成，包括执行处，负责接受市民举报贪污和调查怀疑贪污的罪行；防止贪污处，负责审视各政府部门及公共机构的工作常规及程序，以减少可能出现贪污的情况，也应私营机构的要求，提供防贪顾问服务；社区关系处，负责教导市民认识贪污的祸害，并争取市民积极支持反贪的工作。每个处下设多个工作小组，相对集中地在不同楼层办公。

廉署职员告诉我，为了防止内部打听、走漏案情、说情和打招呼等行为的出现，防止贪污处和社区关系处的工作人员由于不办案，不承担相应案件的承办风险，不允许进入执行处办案区。这种禁止规定，都是通过一张“门禁卡”来执行，廉署职员的工作证和“门禁卡”合为一体，上班时必须刷卡才能进入大楼，每一层楼，每一个工作区都相对封闭，进出入必须刷卡。每张卡都植入了芯片，一刷卡，计算机中心就做了相应记录。如果某个工作小组的案情发生了泄露或者被举报有说情现象，那么调取计算机中心相应出入口的“门禁卡”记录，就可以知道哪位职员在什么时间刷卡进入的、什么时间离开的、停留了多长时间、一共来过几次、同处工作区的还有谁等。这个不属于本工作区的职员，当然地成为最大嫌疑的泄密者，必须接受内部调查。廉署职员告诉我，他们对于这条规定都自觉执行，绝不会去其他办案区打探案情，更不会去说情、打招呼，哪怕在一起吃饭、闲聊时，也会自觉地不谈及案情。很多贪腐案件，直到媒体曝光了，才知道已经被廉政公署查办了，至于是哪个工作小组查办的，就不得而知了。

廉署的“门禁卡”制度，只是其内部监督制度的一个方面，除此之外，在廉政公署内部还设有专门的工作小组负责内部违纪和贪腐行为的调查。当前，很多检察院都在进行“两房”建设，加强办公硬件设施建设的同时，可以适当地借鉴廉政公署通过“门禁卡”而进行的内部监督制度。其实，这种“门禁卡”制度是借助高科技和现代管理制度进行管理的一种方式，把职员上下班、进出入工作区等管理工作转化成职工日常操作规范，把打听、泄露案情、说情等可能行为通过计算机中心进行记录并固定，监督上既“润物细无声”，又“踏破铁鞋无觅处”。而我们的内部监督制度大多依靠检察干警的自觉，对于个别干警违反纪律，打探、泄露案情、说情、打招呼、甚至上班懒散的行为，缺乏一套行之有效的管理制度。在人少案多的矛盾面前，又使得大多数检察院难以抽出足够的人力进行内部监督。如果在建设“两房”时，能适当地借鉴廉政公署，借助高科技和现代管理制度植入办公区的方式进行内部监督，不仅能使管理简洁高效，行之有效，而且能够节约大量人力成本，进一步提高自身工作水平。

刑事诉讼中“熟人社会”的窘境

“熟人社会”这个词，一般认为是费孝通先生在其名著《乡土中国》中率先提出来的，费先生认为：中国传统社会是一个熟人社会，其特点是人与人之间有着一种私人关系，人与人通过这种关系联系起来，构成一张张关系网。背景和关系，就是熟人社会的典型话语。“熟人好办事”的说法，也正是对熟人社会的一种朴素表达。

随着城市化进程的不断加快，我们越来越快地由“熟人社会”走向“陌生人社会”，然而几千年来，对“熟人社会”中关系、后门的高度认同感，却从没有随城市化进程的推进而远去。

在刑事诉讼中，“熟人社会”的形成，在一定程度上可能是造成浙江叔侄冤案的关键。

事件中，颇令人“传颂”的是杭州政法界的“三大女杀手”之说，即公安预审大队女大队长、检察院批捕处女处长、法院刑庭女庭长，这三个人的工作可以将一个杀人犯处以死刑。侦查、起诉和审判是刑事诉讼过程中的必经环节，也是最为重要的环节，对于有必要逮捕的嫌疑人，批准逮捕，这属于检察院工作范畴，一旦对嫌疑人批准逮捕了，那么这不仅仅传递了犯罪嫌疑人人身危险性大小的信号，有必要关押后进行侦查，事实上，也可能传递后期刑罚的信号，否则何以要进行逮捕呢。

刑事诉讼过程，是一个“国家垄断”、高度专业化、参与者极小的程序，整个刑事诉讼都统筹于国家制定的法律，并以刑罚为武器，既保护人民，又惩治犯罪，换句话说，刑事诉讼属于国家专有的一门高精尖武器，时刻震撼着怀有侥幸心理的犯罪分子。为了保证这门武器的使用快速、准确、合法，国家制定了相关法律和程序，用于内部监督。然而，在长期的工作交往和交流中，处于一条政法战线上的人，几乎形成了不是同事的同事关系，甚至比同事还要同事的关系。

关系良好、配合默契、专业娴熟，当然有利于工作的开展，有利于同违法犯罪的行为作斗争，最终保护人民。可是一旦“好久了”、“太默契了”，难免形成一种“关系”，这种“关系”依托工作关系，辅以教育、乡邻、兴趣爱好、级别等关系，经过多年的发酵、孕育，不断变得牢靠，最终形成刑事诉讼中的一种“熟人社会”。也就是说，一个人的人身自由、物质财富、社会危险性大小甚至生命经过那么几个十分熟识的人的工作，一圈走下来，就可以以国家的名义定性了。以“小人之心”大胆猜测下，这种默契下，个别人万一守不住道德和法律的底线，是不是可能在一些案件中“有所作为”呢？而这种“有所作为”又借助其娴熟的技巧，十分适宜地掩藏在正当程序调取的证据之中，即便被嗅出“猫腻”，是不是也可能在这种默契之下，后续工作者以“视而不见”维护关系的良好运行呢？最终“一站到底”呢？侦查机关立案与否的权力、侦查期间调取相关证据证实其人身危险性的手腕，检察机关不起诉和审判机关量刑等，都辅以一定的自由裁量权以保证程序更好运行，是否在这种默契下，对待不同的刑事案件，以案件自身特点，恰如其分地消化在不同的刑事诉讼过程中呢？一些有着显著名声的执法者，会不会为了保持业界的良好名声，依托刑事诉讼中“熟人社会”的“默契”，一蹴而就，借助专业和科技的外衣，包裹一个个虚伪的证据，最终铸成错案呢？

虽然法律规定越来越严谨，对程序正当化的要求越来越规范，法律职业者的素养也越来越苛刻，但是刑事诉讼的圈子太小，时间久了，人与人之间关系太熟，我们知道，米饭熟到一定程度可能最适合吃，而一旦过了火候，就可能烧焦、烧糊。

刑事诉讼中，一旦形成了“熟人社会”，就可能形成了一层层的关系、后门、渠道，给执法办案形成了一层层的阻力，也可能将错就错，铸成大错，更可能会有一些违法分子借助内应溜之大吉、逃之夭夭、金蝉脱壳。当然“生一利，必生一弊“，有制度就有钻制度空子的家伙。执法者并不畏惧违法犯罪分子，却可能苦于对内鬼的难以惩治，而嗟叹不已。

面对杭州政法界“三大女杀手”铸就的一个冤案，或许真没必要太多伤感，更不需要对政法工作有过多遐想，于张氏叔侄当然可悲，于社会大众，最终有益。事实上，法治是在不断高速进步，这种进步的一个重要因素，就是在一个个错案之下，开展一次次纠错工作，进行的一次次“自我排毒”。试问，没有绊脚石把人绊倒，哪有垫脚石让人站得更高呢？

母亲的眼泪、嫌疑人的眼神和法官的脸色

一个犯罪嫌疑人的母亲坐在后三排默默地抽噎、不停地抹眼泪，那张写满了痛苦的脸直白地告诉每一个人，她很想尽情地释放出哭声，又怕发出的噪音影响了法官的审判，增添了法官的反感，对嫌疑人有所不利。她无助的身体几乎要瘫坐在座位上，脑袋无力地靠在椅背上，一动不动，又或是深深地掩藏在大腿间默默地伤心，眼泪黏糊着枯黄的头发，贴满了尽是纹路的老脸上，阻挡了眼泪的顺流而下。

嫌疑人套着脚镣、带着手铐，穿着写着看守所的橘红色马甲，蓬头垢面地被两个面无表情、身材魁梧、身怀利器的法警硬生生地夹着带进法庭，偷偷地瞟一眼后排座椅上的母亲，嫌疑人满怀无奈、悔恨、伤心、悲催，在一种悔不当初可又罪有应得双重的情感交叉下，他不敢回头，不敢多加地陈述自己的罪行，不敢描述他那有失人性的罪行，因为他知道，母亲在默默地听着，每一次描述都可能在一刀刀割裂母亲的心。

法官表情严肃，眉头紧锁地端坐着，环视法庭，尽量摆弄出一副严肃的表情，他在摆满卷宗的案头前，微微地抬起头，默默地听着公诉人的讯问，也不知道此刻思绪有没有飘扬到前夜的觥筹交错中，亦或是前夜的雨水之乐下。

此刻，公诉人是观察者，细致地观察着这一幕场景，细细地体味着其中的一切。

这是一幅画，一幅人间表情画。公诉人的一言一行本身就是在这幅人间表情画上增添色彩和线条，一不小心，画的线条和上的色料可能有些微曲的变化。

公诉人代表国家控诉犯罪嫌疑人，对破坏国家法律的行为依法要求法庭严惩，处以刑罚。以最严格的法律对付某种意义上属于这个社会上“最坏”的人，这是一种刚性，一种以保障国家秩序为背景和责任下应有的刚性，这也必须是一种刚性，一种承载着多数人平安幸福砝码的天平的刚性。今天，无论台下站着的人是谁，也无论他曾经是谁，都不足以阻怯公诉人身上挥发出的刚性。

公诉人身上天生有一种柔性，就像看到这位母亲后，融入骨血的对母亲的情感就会被激发出来，甚至鼻子一酸，眼泪开始在眼角处聚集。可在法庭上，公诉人在情感上只能压制，因为再大的个人同情感也无法超越国家保护全体人民的情感。对命运悲惨者的同情和对弱者的怜悯，一切都可能让积累在心中的善，激活了公诉人的柔性。

无疑，公诉人对嫌疑人、对法官，都要毫不避讳地展示着自己的刚性，因为工作职责所在，对前者是指控，对后者属监督。对前者的指控，有待后者客观公正的裁决，这是目的所在，而一旦对后者的监督不力，前面付出的指控心血不仅付诸东流，还可能污染正义“河流”。

公诉人对被害人、对嫌疑人家属，无疑存在一种柔性，对被害人惨遭飞来横祸，重创身心而创伤又无法弥合，甚至可能得不到一分赔偿，只能自己独自承载着别人嫁接的一切深表同情，可又爱莫能助。对嫌疑人家属当然是同情，因为任何一家出了一个嫌疑人，无疑是不幸的，不仅可能代表多年来家庭教育的失败，一个劳动力的丧失，一大笔开销的到来甚至长时间被人冷眼、讥讽。即便是由家庭的因素引发，家属本人也是无辜的。

刚柔之间，没有一种平衡，找不到一个支点，只有面对不同场所，然后组合发挥，否则只能在张嘴之下、举手之间，留下一堆硬邦邦的文字。而指控、教育、监督都会因此而稍逊二三。

母亲的眼泪、嫌疑人的眼神和法官的表情之下，你看他们，他们看你。

竹韵·检魂

竹历来受到国人的喜爱，它挺拔修长，四季青翠，凌霜傲雨，用途广泛，有“梅兰竹菊”四君子之一，“梅松竹”岁寒三友之一等美称。中国古今文人墨客，嗜竹咏竹者众多。

作为检察干警，我们始终践行“忠诚、为民、公正、廉洁”的政法干警核心价值观，这是检察官之魂，这与竹身上表现的韵味如出一辙。以竹喻检，准确、传神地表达了检察干警的政治本色、宗旨理念、价值追求和基本操守，衬托出了检察官之魂。

“忠诚”是政法干警的政治本色，是政法干警核心价值观的基石。检察干警始终坚持忠于党、忠于国家、忠于人民、忠于法律，坚决贯彻落实中央的路线方针政策和各项决策部署，严格遵守党的纪律，在事关方向和原则的大是大非问题上，头脑十分清醒，立场十分坚定，旗帜十分鲜明。

竹始终忠诚于阳光。没有什么能阻止竹对阳光的不懈追寻，哪怕巨大的石块，也会被竹子掀翻，冲出坚硬的地壳，坚定地奔向阳光。“咬定青山不放松，立根原在破岩中。千磨万击还坚劲，任尔东西南北风”。这千古流传的佳句，把竹子坚贞不屈、忠诚于阳光的精神品质写得淋漓尽致。竹在荒山野岭中默默生长，无论是崇山峻岭，还是沟壑纵横，她都能以坚韧不拔的毅力在逆境中顽强生存。尽管长年累月守着无边的寂寞与凄凉，一年四季经受着风霜雪雨的抽打与折磨，但她始终“咬定青山”、专心致志、无怨无悔。于检察干警而言，在任何情况下都要同党中央保持高度一致，不断增强对中国特色社会主义的政治认同、理论认同、感情认同，毫不动摇地坚持中国特色社会主义道路，毫不动摇地坚持中国特色社会主义理论体系，毫不动摇地坚持中国特色社会主义制度，就像竹始终不渝地追寻阳光一般。

“为民”是政法干警的宗旨理念，是政法干警核心价值观的根本。检察干警始终把人民群众放在心中最高位置，始终带着对人民群众的深厚感情去执法，始终把维护人民群众合法权益作为政法工作的根本出发点和落脚点，切实做到以人为本、执法为民。

竹的一生是奉献的一生。竹笋做的佳肴，为人类所食用，用笋衣缝的布鞋，忍辱负重，默默承受着煎熬。竹子制作的竹凉席、竹家俱、竹胶板、竹筷、竹厅、竹工艺等应有尽有。我们打着竹伞、戴着竹笠、住着竹楼、坐着竹椅、睡着竹床、吃着竹笋。竹子还以它残留的枝叶被扎成扫帚，为人类清除污垢。就是竹沫、竹头等，也在灶底燃烧，发挥光和热。有副对联这样写道：“竹头虽微餐餐灶底炊肴馔，器皿虽小户户厨中要斗筲。”竹与人类结下不解之缘，竹为人类奉献了自己的全部。这就好比我们检察干警始终千方百计追寻为人民群众排忧解难，着力解决人民群众最关心的问题，为人民群众安居乐业提供良好的保障和服务。始终把群众满意作为检验工作的根本标准，把工作深深植根于人民群众之中。用竹那种“出世予人惠，捐躯亦自豪”的精神去为服务人民，服务社会。

“公正”是政法干警的价值追求，是政法工作的生命线。检察干警始终自觉践行社会主义法治理念，大力弘扬社会主义法治精神，模范遵守宪法和法律，严格执法、公正司法，守好维护社会公平正义的最后一道防线。

竹中通外直、宁折不屈；竹不开花，清淡高雅，一尘不染，不图华丽，不求虚名；竹刚柔相济，能屈能伸。“雪压枝头低，虽低不着泥；一朝红日出，依旧与天齐”这是明太祖朱元璋给予竹的美誉。“莫嫌雪压低头，红日归时，即冲霄汉；莫道土埋节短，青尖露后，立刺苍穹。”这就好比检察干警要不断提高法律素养、执法能力、办案水平，做到刚柔相济、能屈能伸；不断满足人民对检察工作的新要求，新期待，同时自觉抵御金钱、人情等各种因素的影响和干扰，做到不图华丽，不求虚名；坚决防止执法不严、裁判不公问题的发生，让办理的每一起案件都经得起法律的检验、人民的检验、历史的检验，让人民群众切实感受到公平正义就在身边。

“廉洁”是政法干警的基本操守，是政法机关履行好法定职责的重要保障。检察干警始终牢固树立正确的世界观、人生观、价值观、权力观、地位观和利益观，始终做到自重、自省、自警、自励，清白做人、干净做事，永葆清正廉明、无私奉献的本色。

竹更是清廉的写照。清代诗人郑燮赞美道：“一节复一节，千枝攒万叶；我自不开花，免撩蜂与蝶。”竹子心无杂念，甘于孤寂，她不求闻达于莽林，不慕热闹于山岭，检察干警始终保持清白做人、干净做事的原则，不正像竹“我自不开花，免撩蜂与蝶。”的追寻吗？“乌纱掷去不为官，囊囊萧萧两袖寒。写取一枝清瘦竹，秋风江上作渔竿。”郑燮一生爱竹，终保持清廉本色，他一路清歌，这种喻竹于诗画的情怀，不正是竹的清廉之寓吗？检察干警始终不断强化廉洁观念，常修为政之德、常思贪欲之害、常怀律己之心，筑牢拒腐防变的思想防线，经得住诱惑、管得住小节，强化职业道德观念，始终保持高尚的职业追求，自觉养成良好的职业操守，模范遵守道德准则，坚守道德底线，不正是竹那种“不求闻达于莽林，不慕热闹于山岭”的写照吗？

我爱竹，更爱检察事业，因为竹之韵就是检之魂，检之魂就是竹之韵。

革命传统永葆检察青春

在伟大的中国共产党建党九十周年之际，我一直在思索，作为一名共产党员，如何发扬革命传统，切实无愧作为一名共产党员的光荣使命；作为一名基层检察院的检察官，如何立足工作实践，用革命传统驱动检察事业，更好地履行一名检察官的职责。

古人云："道虽迩、不行不至，事虽小、不为不成。"无论从一名检察官的职责出发，还是以一名共产党员的要求入手，任何时候都必须做到求真务实。求真务实，是一种工作态度，更是一名共产党员应该具备的政治品格，早在民主革命时期，毛泽东同志就号召全党要把革命气概和实际精神结合起来，告诫全党同志要老老实实办事，在世界上要办成几件事，没有老实的态度不行。正是有了这种品格，我党才能战胜各种艰难险阻，不断发展壮大，将日本侵略者赶出中国。新时期，检察机关在打击各类违法犯罪行为，履行法律监督职责时，也只有秉持求真务实的态度，明辩笃行，将公平正义更好地带入寻常百姓家，从根本上化解社会矛盾，才能达到"心锁解开消积怨，春风化雨百花妍"的境界，更好地构建社会主义和谐社会。

密切联系群众，是我党的光荣传统。"群众是真正的英雄"，"只有人民才是创造历史的主体"，正是有了人民群众的支持，我党才能以"小米加步枪"战胜几百万国民党的美式机械化部队，建立起社会主义新中国。把维护群众权益作为检察工作的根本出发点和落脚点，把充分依靠群众作为推进检察工作的重要途径，把提升群众工作能力作为法律监督能力建设的核心内容，把群众满意作为衡量检察工作成效的最高标准。本着"群众利益无小事"的观念，千方百计地解决群众的合理诉求，继承光荣传统，应对新挑战，服务大局，不断提高检察机关执法公信力，始终保持着人民检察的本色。

官贪则政危、官廉则政举。清正廉洁，是当代检察官职业道德的基本要求之一，是一种思想作风、人格力量，是检察工作人员的"生命线"，只有这种品德和人格才能忠实于民、取信于民。清正廉洁也是我党的光荣传统，是我党永葆青春的关键。进入改革开放后，人民的物质生活极大丰富，很多干部迷失了正确方向，甚至走向了犯罪的深渊。加强干部队伍建设，保持清正廉洁的作风，"不戚戚于贫贱、不汲汲于富贵"，始终是悬挂于干部头顶的警句。"爱欲之人，犹如执炬，逆风而行，必有烧手之患"。作为一名检察官，只有保持一颗清正廉洁之心，才能正人正己。

站在新的历史起点上，作为一名检察官要自觉地发扬党的光辉传统，自觉地把个人命运与党紧密地联系在一起，以求真务实的态度，密切联系群众的原则和清正廉洁的作风，切实履行好一名检察官的光荣职责，不断地提高了为人民服务的水平，真正做到无愧于作为一名共产党员的崇高使命。

涕泪滂沱悼马老

“马老去世了。”2011 年 6 月 22 日晚上 11 时 05 分，朋友发来短信，告诉我著名法学家马克昌教授去世了。本已睡意袭脑，顿感沉痛无比，珞珈山下，那位老者的音容笑貌，似长江之水般地向我脑海涌来。

马克昌教授是当代著名的法学家，在进入武大之前，就听过他的名字，读过他的经典著作《刑法学》等，还特意通过网络，详细地了解一番他的事迹，知道他为“四人帮”的成员吴法宪做过辩护，知道他参加过新刑法的修订，还知道他经常在武大校园中漫步。因此，自己被武大录取之后，总是在脑海中遐想第一次遇到马老的情形，或许某天：一位满头银发老者，漫步在珞珈山，我突然发现，竟然是马克昌教授，于是略带羞涩地跑上前并告诉他，自己是武大法学院的一名新学子，自我介绍之际，还纠结于要不要合影一张，要不要讨个签名。

虽然脑海中遐想的那一刻没有出现，但是很快在法学院新生开学典礼上，亲眼目睹了马老。那一次，我内心的“无比激动”被“波澜不惊、毫不凸显”地掩盖在法学院众多学子的激动、热爱、欣喜之下。

第一次见到马老我的感觉是，这位老人家虽然年过耄耋，却精神饱满；虽然满头银发，却红光满面。不禁感叹，难道这世上真有鹤发童颜？

还记得主持仪式的法学院院长饱含深情地说：“我们法学院的学子要感到幸福，因为我们尊敬的韩老、马老虽然一个年近百岁，一个也八十多了，但是都身体健康，依然在为法学事业贡献着自己的力量，我们武大学子依然可以聆听他们的讲座，感受我与大师同在。”却没想到，两年间，两位老人先后驾鹤西去了。

马老是法学泰斗，年事已高，一般是不易见到。然而作为一名平常的武大学子，却经常在法学院大楼里见到老先生，也经常聆听到老人家的讲座。那时，马老身体真的还好得很，用医生的话说：“八十岁的身体，四十岁的心脏”。马老作讲座时，可以用快速的语调，连续不断地、思维活跃地讲三个小时，甚至不喝一口水，这是我多次亲眼目睹的，也是马老给我留下的最深印象之一，更是我一直迷惑的：一个八十多岁的老人，何以如此思维活跃？

记得珞珈讲坛第二讲时，马老给师生讲授“宽严相济的刑事司法政策”，那次讲座，他从晚上七点一直讲到九点半，整个讲座中，老人家甚至没有出现三秒以上的思维中断。在接受学生提问，他几乎不用思考，就可以滔滔不绝地把一个问题从理论到实践、从中国到外国、从古至今阐述完，让人产生一种无比佩服、心悦诚服的感觉。

讲座结束后，正当马老要离开时，我跑到马老身边，再次提了个问题，那时，已经晚上十点多了，老人家一看有学生提问题，也没有急着离开，他似乎忘记了时间，也忘记了疲劳，朋友般甚至似对孙子般地给我讲解，还职业性地问了我一个问题。我似乎也陶醉于与这位法学泰斗的面对面交流，又接连问了几个问题。几番下来，老图只剩下三个与我有着同样“醉意”的人。

当我把老先生送出老图书馆时，发现校长顾海良、副校长黄进等依然在外面等着。当老先生上车后，我才想起讲座前，顾校长告诉同学们，马老的《比较刑法原理》获得国家图书最高奖，明天早上要去北京人民大会堂领取此奖。

“马老真成一匹老马了，八十多岁了，还苦苦支撑着武大法学院的门面，一点怨言都没有。”某次，最高检的一位副检察长和反贪总局的局长来武大讲学，作为武大的“门面”，马老带病出席之后，室友峰有点心痛地说道：“开学典礼、毕业典礼、重大会议、重要客人、外部交流等，都得老人家出席，还得晚上拉出来，一直坐到十点，他真的很累，但每次都是微微地笑着、静静地坐着，一点怨言没有，真的是全心全意为武大服务，武大太需要这样的老师了，马老真的是师德的典范。”

“我发现一个现象，法学院图书馆的书，尤其是那些以前通过借书卡借的老书，很多都写了马老的名字，老人家读的书真多啊。”

“今天我去学校图书馆借书，还碰到了马老，和学生一起排队借书，他家都一大屋子的书，还不够读，我现在知道他为什么思维这么活跃了，是因为他在永不间断地读书。”

“他不光保持着学习、写作，我在教五前的草坪，见到马老好几次了，每次见到他，都是一副思考的样子，看样子思考得很痛苦。”

“不要说了，说的我都惭愧，没准我一年看的书，还没老人家一个月看的书多呢。”

这段时间，我一直在市委党校培训，上网等都不方便。课余时，通过手机QQ，上网几许，发现同学们的QQ签名栏上，几乎都写着“沉痛悼念法学泰斗马克昌教授”等字句。

马老就是这样，哪怕他和我们直接的接触没有多少；哪怕我们只是在讲座上听过那么一次他的讲座；哪怕我们已经毕业多时；哪怕我们身在千里、万里之外；哪怕我们处于夜以继日地工作中，我们都会为这样一位令人爱戴、让人佩服、使人自愧的老人家的仙去而伤痛不已，那是一种撕心裂肺的伤痛。

此刻，我已涕泪滂沱，马老，您一路走好！

赤裸裸的表彰面前

这本是一个可歌可泣、感人肺腑的教育电影，而台下传来的却是阵阵嬉笑、啧啧批判之声，嬉笑与批判反而成了“共鸣”，一个职业共同体面对卓越同行，所表现出的尽是这样一种方式！

类似的嬉笑已屡见不鲜，如此的批判已不胜枚举。

是我们悟性太低，面对难以企及的同行，唯有自嘲？还是我们道德不够，面对见面不多的同事，乐于私聊？愈或是，影片的宣传方式出了问题，以至于放映不到十分钟，就足以让观众产生腻烦心理？为什么本该是眼泪却转成了嬉笑，感动化成了批判？

11 月 11 日，全市检察系统参加影片《女检察官》的首映式，这本是一个弘扬新时期出现的一位优秀女检察官先进事迹的影片，她在职业道德上侠肝义胆、清正廉洁，专业水准上熟于法律、张弛有度。片中的很多影像是我们熟知的，也是我们在工作中常常面对的，比如调查取证中发现的犯罪嫌疑人年龄的问题、逮捕与不逮捕之后可能面对的威胁、发现遗漏罪行的追查工作等。于情于理，对于影片中刻画出的工作场景、工作困难、工作威胁，我们产生的都应当是一种真切的共鸣，即使是另外一种共鸣，共鸣的表现方式最少也不会是“嬉笑”与“批判”。

荧幕上感人的画面和观众席上极不相称的嬉笑声，不能不让人反思，我们的宣传方式出了什么问题？我们需要的宣传是什么样的？

我们一直习惯于赤裸裸地宣传某个先进人物的“好”，无论是今日观看的《女检察官》还是往昔所看的《宋鱼水》，故事中的主人翁从一出场，就是赤裸裸地表现她的好，他们工作中的正义、积极、认真、细致、担当，工作之外的亲民、爱民、爱心、孝顺、无私。其中还可能穿插一个不可或缺的故事情节，这类情节大都是主人公关爱犯罪嫌疑人的小孩，激励她努力学习，尊敬犯罪嫌疑人家里的老人，像自己父母一样赡养他们。最后主人公也都不可避免地要大病一场，甚至会死去，那些曾受其恩惠的人都不可避免地要聚集于床前，落得个声泪俱下。

面对这些赤裸裸的好，面对表现出来的某种宣传套路，面对那些从一而终的“好味道”，我们觉得“她”远离我们，我们觉得“她”未必真是我们的同行，我们甚至觉得“她”是在做作。于是我们看了十分钟就开始腻烦了。就像用勺子乘着蜜糖直接放于口中去品尝，第一口进去，味道还可以；第二口，味道算是凑合；第三口，勉强还能下咽；第四口，已是迫不得已；第五口，腻烦了，自嘲了，批判了。

什么样的宣传路径才是适合我们的，最少不会让观众看了十分钟就开始腻烦？

笔者以为，无论是我们的宣传影片，还是先进人物的纪实文章，甚至是那些带点娱乐大众的情景剧，我们需要的都不应该是赤裸裸地给她“说好”，我们要的是含蓄点，再含蓄一点。

“上有长松林，蔽日深杳冥。下有万仞壑，含蓄太古冰。”含蓄就是表达上委婉、耐人寻味，含蓄就是说话时不要把情意全部表达出来。

无论是从传统词汇上捕捉还是从今日国民的行为方式发掘，我们都能找到含蓄的身影，因为根植于我们大脑的深处就有一种含蓄的文化。“矜持”、“低调”、“含而不露，蓄而远虑”，这些传统字眼里满藏着含蓄，甚至连用于表达含蓄的词汇都显得那么的“含而不露”。今日，无论是所谓的处事之学，还是做人之道，都讲究含蓄，不要那么高调，不要那么直接、直白，更是忌惮“赤裸裸”。可见，含蓄之于大多数国民而言，都是易于接受的。

宣传、教育，无论如何都是希望剧中所传达的思想能够感化某些人，能够改变某些人的行为。真诚的认可不是一种情绪激昂的表态，更不是一种流于形式的学习，真诚的认可应当是一种如涓涓细流一般的潺潺入心，无声润物一样的付之于行。我们的嬉笑、我们的批评，也如电影中赤裸裸地表现好一般地赤裸裸地表现了我们的不接受。我们的极力付之，财力支之，精力投之，心力持之的宣传、教育都不可避免的难以收到实效。

赤裸裸地诉说美好，我们总是抱有怀疑；而含蓄、委婉之前，我们没法也不愿意去怀疑。观众是朴实的，他们不会接受他们自以为的“不切实”，更不要说去学习了，所以他们选择了嬉笑与批判。

塑造一种让人无法怀疑的“含蓄”套路，是多么亟待。

或许，我们之所以不选择含蓄，是因为含蓄之下，需要太多的生活智慧。一个人直白地“说好”或是“言坏”，都是相对容易的，一个没上过学堂的人，都可以“直白”，可以无师自通。而含蓄往往是“文雅”、“矜持”等品德更上一层的表张，没有知识的积累、没有生活的经验、没有道德的修养，要想含蓄都是难以企及的。或者说，含蓄于人而言本来就是一种高超的智慧，而要在短短的九十至一百二十分钟就完美地表现含蓄之美，就显得太难了，更不要寄希望于某些习惯套路，乐于求稳的影片制作人。

含蓄之道，不要求我们从一开始就抹着泪水把电影看完，更不要求抽噎着读完“他的故事”。含蓄之道，是努力讲述一个正常人的生活点滴，在习如往常的行为之下，在不惊不诧的言语之中，甚至在让我们产生片刻误解之后，原本以为一切如常，不过尔尔，却在故事将尽之际，我们发现了一些他背后的其他事迹，我们了解了一点他与人不同的其他行为，我们还化解了一丝对他的误解。这些事迹、行动不会太过超平常，也不会流于套路，却让我们有点望其项背。

这就是我们要求的含蓄，我们没有在观众席上嬉笑，我们也没有在学习会上表态。只是在看完之后，心中不断激起一丝波澜，我们有种强烈的想要改变一下自己的意识，想着去做点像影片中、故事里的事情。这样，我们的宣传，就成功了！

含蓄之道，何如？

如何做好法律人

2008年10月26日，在院模拟法庭，有幸听到了龙宗智老师的讲座，讲解的是“律师法的修改与司法改革”。龙老师的《上帝怎么审判》曾使我午至二时尚无饿意。听过讲座之后，虽然觉得有些状况让人并不乐观，但总体上还是激发了法律学子对于中国法治建设的信心。

龙老师从新《律师法》赋予律师的三大权利谈到了新《律师法》与诉讼法之间的冲突，解读了律师的会见权、调查取证权等到底是应该适用新律师法还是使用刑诉法的困惑，又结合一些具体案例谈到法院系统面临的尴尬局面，让这位在理论与实践之间的“行走者”也有彷徨不知所措之感，龙老师在最后以“前途是光明的、道路是曲折的”慰勉大家。

正如龙老师最后所言“法治之路任重而道远，同志仍须努力”，尤其是在我们这样一个受封建文化影响深远的国家，人们似乎一直走在传统的礼治质疑法治之路上，虽然一百多年前梁启超先生就提出了“法治”，但是由于近代西方列强的阻挠、清政府的腐败、国内国外战争的频发。致使我国的法治建设历经波折，如唐僧取经一般，一路曲曲折折、险象丛生。从1954年宪法确定民主制度的基本原则，到1999年宪法第三次修正案确定依法治国的基本方略，再到转入新世纪后的宪法第四次修正案中的人权入宪，历经半个世纪的上下求索、中外考证，在世界第一部成文宪法颁布两百年后，我们终于才以宪法这个国家根本大法的方式确定了法治社会的三要素“民主、法治、人权”。

从春秋战国时期，法家提出“法术势”三者并重的治国方针，让秦王朝强盛一时，统一六国，到今日党中央提出“法治，有法可依、有法必依、违法必究、执法必严”治国方略，让宪法和法律的尊严高于一切，任何人都必须服从法律的观念渐入人心；从过去的谋士为帝王的统治而冒死进谏，到今日的法律人为人权而奋力疾呼；从世袭王族为了水不覆舟，长期维持封建统治而公布成文法，实行“以法治国”，到中国共产党带领全体人民为寻求中华民族伟大复兴而法治入宪，施行“依法治国”，上下两千年，最后实现的仅仅是为了改动那一个字！从最初的法“制”到今日的法“治”，从最初的“以法治国”到今日的“依法治国”，同音不同意的一字之差，却让中国法律人慢慢经历了从封建之旅一直走到推翻“三座大山”的革命运动之路，最后终于迎来了中华人民共和国的成立。如今，中国的历史进程终于迎来了改革开放三十周年与经济腾飞的辉煌时代，法治事业的发展也逐步顺应了时代的需要，不断完善，日益健全，初步建成了有中国特色的社会主义法制体系。

常说法律人是人类世俗社会的建筑师和工程师，他们需要对理想型社会和乌托邦的憧憬。正如曼海姆所言：乌托邦虽然不能实现，但我们依然需要乌托邦，因为没有乌托邦，我们将丧失对历史的理解能力。同理，法律人应有所憧憬，那样我们才能明白人类在今天的历史中所处的位置以及明天可能会走向哪里。或许正是由于有了这种憧憬，霍姆斯大法官才喊出了那句“法律显示了国家几个世纪以来发展的故事，它不能被视为仅仅是数学课本中的定律及推算方式”。也正是由于有了这种憧憬，才使我们在面对因“礼”而生的人际关系思维与实践吞噬着我们苦心经营的法治秩序，折磨着我们每个身处其中而难以自拔的有志于法治国家建设的法律人时依然坚持着，像苏格拉底一样地信仰着。也正是由于有了这种憧憬，龙宗智老师式的法律人才会无所畏惧地去寻找正义运送的方式，不知疲倦地去探索上帝怎么审判，执着地去开启人权的钥匙，满怀激情地去开拓中国法治之路！

众所周知，法律，并不仅仅是“统治阶级意志的体现”，也不仅仅是简单的“社会规范”，良好的法律以人类的幸福和进步为宗旨，否则即使被立法也终应被修改或废除。同样，法律人学习法律并非只是简单地将其作为谋生的手段。耶鲁法学院前院长科罗曼教授曾经说过："法律人的道德追求优于技术取向，应当倡导以社会公益为本的奉献精神。""维护正义"是许多法律人最初的崇高理想，经过时间的冲击，或许有些人会逐渐淡忘甚至改变，但绝大多数人依然奉之为圭臬。

我们常说法律要靠人来执行，因此社会的法治事业与该社会法律人的状况密切相关，特别在现代社会，一个具有高度专业技能和社会责任感的法律人职业共同体，才是其法律发达的标志。正如罗斯科·庞德所说，他们从事一种有学问修养的艺术，共同发挥替公众服务的精神，虽然附带的以它谋生，但仍不失替公众服务的宗旨。作为一个法律人该以什么样的姿态面对法律，该如何做好法律人职业共同体中的一员？伯尔曼曾有名言"法律只在受到信仰并且因而并不要求强制力的时候，才是有效的，依法统治者无须处处都有赖警察。"真正能阻止犯罪的乃是守法的传统，这种传统又根植于一种深切而又热烈的信念之中，那就是法律不仅是世俗政策的工具而且还是生活终极目的和意义的一部分。只有社会公众以宗教虔诚般的态度去对待法律信仰，才能真正认识到法律所代表的公平、正义、平等，才能真正从内心里尊敬法律，从而心悦诚服地自觉遵守法律，严格依法办事，才能真正发挥法律的应有之用。法律中最重要的法文不是铭刻在铜表上，而是铭刻在公民的内心里。正是由于有了这样的信仰，尽管苏格拉底曾获得逃亡雅典的机会，但苏格拉底仍选择饮下毒堇汁而死，因为他认为逃亡只会进一步破坏雅典法律的权威，破坏自己对法律崇高的信仰。也正因为这样才有了文艺复兴期间和法国大革命期间思想家的信仰以及国父孙中山先生领导的护法运动。正如托马斯·富勒所说"你绝不是那么高贵，法律在你之上"。著名的德沃金教授在《法律帝国》中也说我们是法律帝国的臣民，是其规则与理想的忠实追随者，当我们争论如何行事之际，即是我们在精神上受其约束之际。他们对法律的崇拜和景仰之情跃然纸上。古希腊古罗马等西方国家自古以来对法律的崇高之情及信仰之理念恰好就是我们法律人首先应当拥有的。

法律是理性的化身，世俗世界的法律制度要以一种抽象的方式反映生活，同时还必须有一种普适性。以略去了多样的纷繁复杂的现实情境的法律文本来表达生活世界的规则，它的表达方式、思维逻辑、价值诉求都是特殊的，法律世界同生活世界一定程度上是分离的，只有进入法律世界才能成为法律人。一个法律人必须了解法律世界的思维规则，学会用法律思维，这种思维的获得远比仅仅把法律作为一种知识掌握重要得多，在探索法治的道路上，法律人不是以血缘或地缘关系维系的共同体，而是由一条无形的纽带维系着，虽然是分散的但是从语言风格、行为举止、思维方式、精神气质上处处都可以体现出作为法律人特殊的一致性。“to think like a lawyer(像法律人那样思考)”正是这个共同体区别于一般的社会共同体的真实写照。除了养成法律思维之外，由于法律本身不是一门自足的学问，它的发展与众多的人文学科、自然学科的进步息息相关，从立法到司法的各个环节，也并非与社会绝缘，相反，法律永远与社会处于互动之中。因此，法律人还应涉猎广泛，他应该熟悉本国历史，这样才能理解本国法律制度的演变；他应该懂经济，这样才能用他对法律与经济关系的认识，试着用法律手段解决经济问题；他应该接受哲学训练，能对法律进行深层次的理论反思与构想；他还应眼界开阔，关注世界文明，接受先进文化……总之，法律人应是智识与技巧的综合体。一位生活在19世纪初期的美国费城律师戴维·保罗·布朗就曾这样感慨：“一个只懂法律的人，只是一个十足的傻汉而已。”一个法律工匠，若他只知道审判程序之程规和精通实在法的专门规则，那他只是一架专门机器，绝不是法律人。

法律人是法治的旗手，除了信仰法律、熟谙法律之外，他们还应有一种信念、一种责任感、一种事业心。通过为公众提供法律服务阐释法的真实性，通过研究探讨法的理论透视法的真理性，通过司法程序和技术展示法的公正性，通过勇于和各种践踏法律的行为作斗争维护法律的权威性。上世纪70年代水门案爆发，担任司法部长的理察森为昭公信，任命他的哈佛大学老师、素负清誉的考克斯担任特别检察官调查尼克松总统。考克斯锲而不舍的追查令尼克松十分恼火，遂命理察森将考克斯免职，理察森拒绝后递出辞呈。嗣后，尼克森要求司法部副部长拉克尔薛斯免去考克斯，副部长也因为不从而遭免职，最后由司法部第三号人物鲍克代理司法部长职务签署了解职令，考克斯去职，这事件美国史称“星期六大屠杀”。此事件引发了民众对尼克松政府强烈的抗议，直接导致尼克松总统的下台。这事件被列入美国史册，考克斯被誉为“国家的良心”。即使是在错综复杂，瞬息万变的巴基斯坦政局，也同样有一位令人尊敬的法律人——首席大法官乔杜里。面对穆沙拉夫的压力，坚定地信守着“法律应当被普遍服从”这条法律权威。如果说上至总统下至普通官吏是“法律的仆人”的思想早在古希腊哲学家柏拉图的《法律篇》中就有过表述，那么强调统治者应以正式公布的和被接受的法律来进行统治，则是任何一个主张法治的思想家都坚持的真理。邓小平同志也反复强调：“我们要在全国坚决实行这样一些原则：有法必依，违法必究，执法必严，法律面前人人平等”。他结合我国社会主义现代化建设的实践活动，从不同层面综合性地阐述了这些原则。在国内著名人权律师张思之先生八十寿辰之际，季卫东老师如此评价张先生：“铁骨铮铮不畏权贵，诚心拳拳善待贱民”，季老师认为这也是“律师职业最需要品格和素养，也是法治秩序的精髓所在”！

法治之路漫漫，需要几代人的努力和奋斗。然而，在这“路漫漫其修远兮”的法治路上，首当其责的应当是法律人，任何一个法律人都应当忠实地将法律作为至高无上的标准和度量衡，养成法律思维习惯，依法明辨是非，维护法律权威。在短时期内难以让人民大众信仰法律并不可怕，最可怕的是如果我们这些走在法治最前沿的法律人都不信仰法律；人民大众信仰权威的积习难改也不可怕，最可怕的是法律人也步入这个信仰权威的轨道。作为一个法学院的学生如果一边在法学院的课堂上念叨着法律的神圣，一边私下里却把法律仅仅当作投机钻营，求职赚钱的工具；你如果一面大声疾呼中国法治需要如何，一面却又十分现实、世俗地对“权威”顶礼膜拜，并希望成为其中的一份子。那大概中国的法治是没有希望了——连知法懂法的人都不相信法律，还能指望老百姓信仰法律吗？连法律人都迷信“权威”，怎么能让人民群众不迷信“权威”？全民族能不能信仰法律，要靠法律人去传播、去颂扬、去如火如荼地进行法治实践，给人民群众以启迪和指引，培养他们的法律意识和文化，改他们代代相袭的“权威信仰”为“法律信仰”。这一点，我们法律人责无旁贷。为法律而斗争，就是为权利而斗争，这绝不是一句空话。当我们献身法律，厉行法治建设，为权利而斗争的时候，人民的眼睛是雪亮的，他们会看见自己的权利是如何完整地受到神圣的法律的捍卫；他们也会明白“信仰权威”远不及“信仰法律”，以此便会坚定对法律的信仰。

对传统的置换、创新及修正也必定并不是一蹴而就的，相反，是一个长期的、如流水对河床的慢慢舔舐而产生河道异变的过程，要知道，现今正享受着法治文明之果的西洋人若没有他们父辈们的觉醒与数世纪之抗争，那么如今他们也可能正被神权与王权两座大山压得喘不过气来。中国的传统因素决定了，中国法治的成功需要我们的民族惯有的定力与耐性。人类文明演进的千年史也告诉我们，在文明的道路选择之后，理性的人并不能排除主干道上所可能出现的支道与叉道。法治之路是我们正行进中的主干道与目标。“法律必须被信仰，否则它将形同虚设”。重温美国法学家哈罗德·伯尔曼这醒世恒言，立志成为一个合格的法律人，让我们充满信心地走中国特色社会主义法治之路！

我的司法考试三部曲

司法考试对于大多数法律人来说是一座绕不过去的“大山”，要攀登这座“大山”，除了具备不畏艰难、勇于攀登的勇气之外；还需要有憧憬、有规制并辅以适时的内心激励；要根据复习效果选择适合自己的复习方法；要根据复习进程适时地调整复习重心。若能这样，一场考试下来，得到的将不仅仅是一张法律职业的“入场券”，兴许，你还能从中领悟出“不考则已、一考必过”的考试之道。

一、考前复习

我是2008年9月份参加的司法考试，如今再回想起那段日子，心中不无感慨。那是一段痛苦并快乐着的日子；那是一段与自我意志相搏斗的日子；那是一段不断怀疑自己又需要不断激励自己的日子；那是一段静静地游走于“书山题海”又少不了和同学们“唇枪舌战”的日子……

由于本科学的是外语，到了研究生阶段才学习法律，半路“出家”的我，面对传说中的“天下第一考”，心中留存了一番期待，又免不了几分忐忑不安。我很想通过自己的努力去挑战一下这个考试，争取一次性考过，并且拿一个高分，但是又怕自己不能通过，一旦成绩公布，面对“欣然而过者”，我情何以堪？

有些事情来得很快，快得你都没时间去“期待”。研一下学期才开学没过久，看见不少同学的耳朵上常常塞着耳机，边走边听，甚至上课的时候也躲在课本后面津津有味地听，本以为是听什么流行歌曲。有一次，接过同学的耳机一听，才知道听的是某司法考试培训学校的语音讲座。此刻我才恍然醒悟，这一年，司法考试的战争早已经打响了。

初期复习司法考试，我是很有憧憬的，那时候除了上课，就去自习室，拿着厚厚的司法考试复习资料，逐字逐句地研读、思考。那段时间，我坚信细心的阅读和耐心的思考是司法考试的致胜之道，不放过可能出题的每一个知识点，“博观而约取，厚积而薄发”、“胸藏万汇凭吞吐，笔有千钧任歙张”，复习时，只有积累丰厚，考试时，才能得心应手。可这么看了不到两个星期，伴随着初期憧憬的逐渐消减以及对诸多法律知识点的不甚理解，我不得不反思自己这种复习方法。就这么每天才二十页的速度能复习完吗？这股“很较真”的复习方法是否适用于考试？如何才能更好地把知识点记牢了？如何让相关的知识点融会贯通？……

反思自己复习方法的同时，我也上网查了不少司考高手的经验之谈，从中提取了不少有益的观点，比如：“重者恒重”、“真题是根本”、“要不断做练习题”、“重视新增知识点”。于是，我改变了初期的复习方法，开始有步骤地、分重点地复习不同专业课程。在前期时间较宽松的时候，我抓紧时间复习民法、刑法等需要投入更多理解力的课程；中期复习公司法、国际法等知识点多而散的课程，这些课程需要的是罗列、归类、总结，这类投入更多的是笔头功夫；后期则复习诉讼法，这些课程更多需要的记忆力。

上午主要以看书为主，看书时，面对重要的知识点，采取强行记忆的方略，并结合生活中的信息点，增强记忆性；下午则做题，主要是做真题，通过做题把一类知识点进行归类，每做完十个题目，总得在大脑中回忆一下其中涉及的知识点，看看在自己的大脑中能否立即浮现出来；晚上主要是对白天所学的知识点进行回顾。总之，每天都要反思、反问自己对知识的掌握程度，以掌握知识点为中心复习着。事实上，我一直认为，学习是最容易自欺欺人的，效率于学习而言是一个永恒主题。

如果说初期复习司法考试，靠的是初临这场考试的憧憬，依靠的是一种“一次性不通过誓不罢休”的激情主义。那么中期靠的则是不断地自我规制。那时候，复习得有些累了、有些倦了，想出去溜达一圈、想早晨多睡一会儿、想晚上早点回去……司法考试的日子还有三个多月，我当然有理由告诉自己时间还充足，暂时还可以放松一下。事后的经验证明，这场考试成败与否，与中期的坚持至关重要，只有在考试中期坚持着初期的激情，按照复习计划步步推进，同时辅以练习题的巩固，才能把那些晦涩、难懂，甚至还存在争议的法律知识记忆下来，才能逐渐培养出见到考试题目，在大脑中就大致知道要考什么知识点的潜意识。记得那段时间，自习室的座位很紧张，带空调的自习室更有限，随着天气的愈加炎热，要占到一个空调房的位子难上加难。所以，每天早上六点半就起床了，带盒牛奶，再买个面包，急匆匆地赶到自习室，本以为来得够早了，却见自习室门口早已经排起了一条“长龙”，曲曲折折不见“龙尾”。于是，告诉自己：“无论愿意不愿意，明天一定要起得更早些”。

就这样，前期很有憧憬地对待考试，再加上中期的自我规制，狠狠地坚持了三个月，厚厚的几大本复习资料已经“花红柳绿”了。骤然之间，还遥遥一百多日的司法考试只剩下个把月了，此刻，心中早已经没有了想多睡会的意识，只剩下了一种焦虑，焦虑前期的复习效果不好，再加上做模拟题时，卷面惨不忍睹，怀疑、迷惑、痛苦交织着向大脑中涌去。那时候常做的事情就是跑到自习室外和“考友们”诉苦，“考友们”的安慰与“同病相怜”，让自己看到了希望，大家都这么努力，效果似乎差不多，看来不必多担心。就这样，一次次把自己推回自习室，自己也不断地在草稿纸上写到“我花了这么多时间，每天都是在踏踏实实看书，记了这么多笔记，还把音频讲座全听完了，智商绝不比其他人低，要是我这样的人不过，还有几个人能过，坚持到最后才能胜利，这种大型考试，绝对不玩第二次，努力，努力。”

内心作自我激励就好比最后一针强心剂，一直把我的坚持推到了考试的最后那几天。在一番激情立志、自我规制、内心激励之下，我从始至终都保持了每天看书八个小时以上，保证了对每门专业课的有效复习，正是这个踏踏实实的复习过程，让我在考试的前几天一扫之前的怀疑，似乎已经看到了胜利的曙光。

二、参加考试

这场考试的即将到来令人兴奋，这就好比长久的台下演练终于等到了上台演出的那一时刻，心中是有那么一点紧张，但是紧张之外，更多的是一种对即将解脱的向往，对复习效果的检验之心。那几天，心情蛮不错，除了联系住宿、准备考试文具之外，就是尽情地放松自己。记得考前两天，还拉着两位同学通宵“斗地主”。

终于到了坐在考场的这一刻，记得刚进去时，自己默默地在心中许了一个愿望，“360分，如果再运气好点，分数就如我穿的鞋子的品牌一样——‘361°’。”

司法考试真不愧是传说中的“天下第一考”，题目量大、信息量大、知识点多，选择题的选项似乎每个都可以入选，又似乎每个选项都值得怀疑。脑海中的记忆和做大量练习题形成的“惯性”，我不断地填写着“A、B、C、D”，根本来不及细细思考，也没时间多加考虑。值得一提的是，最后一场是论述题考试，要写的文字特别多，平时用惯了电脑，一下子要用笔写这么多字，可不是件容易的事情。那场考试，忍着手臂的酸痛，沙沙地在纸张上写下一段又一段的文字，只记得我出考场的一刻，整个右手没有了一点力气，甚至连考试文具也拿不动，兴许，那就是“歇斯底里”般的感觉。

考完之后，大家都比较沉默，没有谁愿意过多地讨论这场考试，可能是大家都累了吧。偶尔被问到一句“考得怎么样”？大都是回答“不怎么样”、“只有等宣判了”，某些据说考得蛮好的同学，脸上的笑容似乎也是带点勉强。是的，在这么一场大考之后，确信自己能通过的不多，但是努力复习之后的人，没人希望自己不能过，谁会想看到自己名落孙山的一幕出现。

三、成绩公布

这一年，司法考试成绩的公布时间11月21日。记得20日的下午，自己正在那个曾经备战司法考试的自习室里津津有味地看着唐德刚先生著的《胡适口述自传》，突然接到室友毓的电话，他直入主题地说道“司法考试成绩出来了，我考了403分”，

“啊！这么高啊，恭喜你啊，过的人多不多啊？”

“挺多人过了，你也快去查一查吧。”

本想继续咀嚼文字的，期盼了两个月之久的考试成绩终于出来了，我的心也飘到了自习室之外，只恨不得立即就飞到寝室，直接打开电脑查分数。

回到寝室，才发现室友们都出去了，阴沉的天空让原本阴暗的寝室显得黑乎乎的，恐怖的气氛与黑暗的色调达到了令人讨厌的程度，而那一刻，这种讨厌却挂满了整个寝室。我不断安慰自己这是“黎明前的黑暗”。连续三次打开成绩查询网站，都无果而终，看来全国的“考友”都聚于此。此刻，即使亟不可待，也只有等待了。为了考试，自己承受了炎炎夏日的煎熬，付出了假期没回家的代价，多少个早晨为了去图书馆占座位，六点不到就起床，甚至连早饭也顾不及吃……四个月的时光，总得让我有所收获吧！

已经是下午五点多了，“左邻右舍”都回来了，讨论成绩的声音也越来越大了，听到打不开的抱怨声也越来越响了。“峰 380、强 397、凯 419…”、“怎么还是打不开啊，这网速真慢。”从同学们的讨论声中，我相信这场考试，400 多分的有一大堆，大家的成绩似乎蛮好，我似乎也有理由相信自己能成为其中的一员，所以在一整个晚上都打不开网站的情况下，我还是睡了个踏实觉。

第二天醒得特别早，才睁开朦胧的眼睛，就发现室友军已经猫于书桌，正查分，“啊，406，太好了。”室友军一看到成绩就高兴地叫起来。

“恭喜恭喜，我也来查一下。”

裤子还没穿好，急忙打开电脑，早晨的网速很快，一瞬间，成绩就出来了，总分也是以阿拉伯数字“4”开头。喜悦、感激、感慨急匆匆地挤向了我的整个大脑。良好的考试成绩再一次让自己相信“付出就有收获”这一真理。那过去的几个月，那为了考试而流下的汗水，顷刻间也变成了心中最美好的回忆。

四、后记

司法考试结束已经两年了，自己已经成为了一名职业法律人。

之所以再拿起笔，回忆自己准备司法考试时的点滴、参加司法考试时的场景，还有司法考试查分时的心情，是因为我有足够的理由感激那段岁月。对于大多数法律人来说，司法考试是绕不过去的，既然这样，那就征服它吧，那就拿出不畏艰险，勇于攀登的勇气吧。

当这段憧憬、规制与激励的日子，这段忐忑、焦虑与激动的日子已经成为往事，其给予我最为重要的，不是一张法律职业的入场卷，而是坚定信念，把事情一次就做成的精神。

感激那段逝去的美好岁月，你的美好将永远留存于我的心中。